나는 나의 일기장을
태우지 않기로 했다

작가 고유의 글맛을 위해 맞춤법에 맞지 않는 일부 표현을
수정하지 않았습니다.

나는 나의 일기장을
태우지 않기로 했다

임기헌 지음

커리어북스
CAREER BOOKS

이음새

언어와 언어 사이에는 '이음새'가 존재합니다. 기억과 기억 사이, 그리고 사람과 사람 사이에도 필연적으로 우리의 신체와 감각을 이어주는 존재, 즉 이음새가 있습니다. 세월에는 영속성이 있고, 우리는 그 영속성을 잃지 않으려 이음새를 통해 무수한 하루들을 연결해 삶을 영위하고 있습니다.

그 틈에서 버티는 사람들이 존재하고, 때로는 작은 다툼과 화해들이 반복적으로 일어나기도 합니다. 상처받은 사람들, 혹은 기쁜 사람들이 동시대를 살아가며 모순적으로 서로를 바라보기도 하고요.

'저 사람은 뭐가 저렇게 좋을까…' 하며 출근길 버스 안에서 창밖을 넌지시 바라보며 생각에 잠기는 사람들은 오늘도 해방을 꿈꾸곤 합니다.

녹록지가 않습니다. 쳇바퀴처럼 반복해서 돌아가는 현실에서 퀀텀 점프를 하듯, 어딘가로의 탈출구로 이어진 이음새를 단숨에 찾기란 말이죠.

쓸모를 다해 버려지는 듯한 하루는 그래서 특별합니다. 바다 너머 지평선에서 떠오르는 태양을 바라보며 시작되는 하루는 별을 헤며 마무리가 되고, 그 사이사이의 시간은 이음새로 엮여 째깍째깍 소음을 내며 또 다른 하루를 소생시키곤 합니다.

그 하루들 속에서 봄엔 정녕들이 휘저어 놓은 꽃의 개화를 기다리며, 여름엔 매미들의 윤창을 들으며, 가을엔 쌓아 둔 책을 읽으며, 겨울엔 강아지와 눈밭을 거닐며, 이 4계절 모두를 빈틈없이 완연하게 만들어 낼 수 있는 삶을 살아가기 위해 몸부림을 치기도 합니다.

이 글을 쓰고 있는 지금, 마지막 하루를 남겨둔 올해의 달력이 O. 헨리의 〈마지막 잎새〉처럼 간당간당하게 매달려 있는 것처럼 보입니다. 한 해의 마지막 날은 늘 저의 생일과 겹치다 보니 저는 그 의미가 배가 되어 다가오는 듯한 기분도 들곤 합니다. 아프다고 투덜거리는 저를, 여전히 영글지 못한 저저를, 언제나 보듬어 주시고 애정을 주신 많은 분께 이음새로 복안 된 마음들을 차곡히 모아 전하고 싶습니다.

"천국에 사는 사람들은 지옥을 생각할 필요가 없다. 그러나 우리 다섯 식구는 지옥에 살면서 천국을 생각했다. 단 하루도 천국을 생각해보지 않은 날이 없다. 하루하루의 생활이 지겨웠기 때문이다."

얼마 전 작고하신 작가 조세희 선생님의 〈난장이가 쏘아올린 작은 공〉의 한 대목입니다. 우리네 삶이 너무도 평온하면 타인을 생각할 겨를이 없겠지요. 힘겨운 사람들은 그 평온함을 매일 생각하는데 말이죠. 이타성의 벤다이어그램과 같은 모습이 아닐까 싶어집니다.

저는 올해로 우울증과 3년째 씨름하며 아픈 사람들을 생각하게 됐고, 이혼을 겪으며 돌싱과 이혼 가정의 설움도 조금은 알아가게 됐습니다. 마흔이 훌쩍 넘은 나이에 혼자 살아가는 1인 가정이 어떤 기분인지도 계속해서 피부로 느껴가고 있습니다. 그 과정들을 복기하고 실기해 본 결과로, 한편으론 제 삶의 궤적이 얼마나 고귀하게 느껴지던지요.

옛날 옛적 백설 공주 옆에는 키가 가장 작았던 일곱 번째 난쟁이가 공주를 짝사랑하며 늘 지근거리에서 묵묵히 공주를 지켰더랬죠. 그 마음과 난장이가 쏘아올린 작은 공을 생각합니다. 무엇보다 난쟁이로부터 '변하지 않는 것'과 '거짓 없는 진실된 마음'이라는 교훈도 얻게 됐습니다. 이 책에 쓰여진 저의 일기는 그로부터 비롯됐습니다.

　그런 이유로 저는 저의 마음을 오래간 기록한 일기장을 태우지 않기로 결심했습니다. 이제 모아둔 하루들의 이음새, 그 속으로 독자분들을 안내해 드리려 합니다.

CONTENTS

2.

시시한 하루의 일기

3. 계몽된 사회를 바라는 소망의 일기

4.   가족에게 건네는 낡은 서랍장의 일기

1.

사랑과 이별,
그리고 상한 마음의 일기

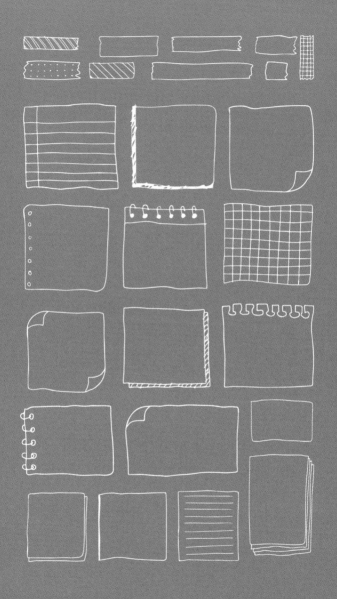

누군가를
사귄다는 것에 대하여

과거 유학 시절에 현지에서 사교 모임을 더러 나갔더랬다. 특별한 건 없었다. 같이 이야기 나누고 맛있는 음식을 나누어 먹고 하는 식이었다. 그러다 현지인 친구 하나와 정이 들기 시작했다. 그땐 나도 20대 청춘이었으니, 감정의 이입은 깃털처럼 자유롭게 흩날렸다.

그러던 어느 날, 나는 더 늦기 전에 고백해야겠다는 생각에 마음의 준비를 하고 그 친구에게 말을 건넸다. 우리나라는 "나랑 사귈래?" 하는 적확한 표현이 있지만, 영어로는 어떻게 표현하면 좋을지 나는 선뜻 생각이 나질 않았다. 'I love u!'는 너무 과하고….

그래서 기억하기로는 'I am just feeling some emotion

from u.'라는 표현을 썼던 것 같다. 나보다 한 살 아래였던 그 친구는 웃음을 보였다. 그땐 나도 영어가 유창하지 않아서 젊은 혈기에, 그리고 술의 힘을 빌려 고백을 한 건데, 그 친구 입장에선 웬 동양인이 '꼴값'을 떨고 있는 모습으로 비쳤을 수 있었을 거란 생각도 든다.

암튼 그렇게 만나게 됐다. 이후 같이 학교를 마치고 영화도 보고, 공원에서 산책도 하며 우리나라 연인들과도 별반 다를 바 없이 다정하게 만났더랬다. 유학에서 돌아온 후 자연스레 만남은 정리가 됐고.

지금에 와서 그 기억이 나는 이유는 누군가를 '사귐'에 있어서 온도 차가 느껴지는 것 같아서다. 우리나라는 이성과 사귀는 순간 구속의 길로 접어드는 기분이 들 때가 많다. 아침에 일어나는 순간부터 밤에 잠들기까지 일거수일투족 모두를 보고해야 한다. '잘 잤어?'부터 시작해 '잘자!'까지가 서로의 임무가 되는 거다. 삼시세끼는 뭘 먹는지 사진을 찍어 인증해야 하며, 뜬금없이 보내온 사진엔 간드러진 표현으로 환호도 해줘야 함은 물론이다. 100일부터 생일, 각종 Day까지, 1년 내내 기념일이 아닌 날을 찾기도 힘들다.

그동안 잘 만나온 '여사친'과는 아무 이유도 없이 만남을 정리해야 하며, 동창회를 비롯한 이성이 뒤섞인 회식 자리도 가급적 참석을 피해야 한다. 그래야 평화로워질 수 있기 때문이다.

언젠가 이런 물음이 있었다. 여자친구랑 헤어지는 이유가 도대체 뭔지. 나는 아무리 생각해봐도 특별한 이유가 있었던 적이 없다. 너무도 자연스럽게 헤어졌기 때문이다.

그런데 돌이켜보면 이런 거였다. 구속되기 싫었던 거다. 의무적으로 통화하거나, 연인 사이에 갖춰야 할 형식적인 틀에 갇혀 서로가 피곤해지는 게 싫었던 것 같다. 호주에서 만났던 그 친구처럼, 쿨한 사이가 되고 싶었다. 남사친, 여사친과 가벼운 포옹은 물론 볼 키스도 나눌 수 있고, 깻잎 논쟁이라 할 것도 없이 깻잎 한 장을 덜어내 여사친 밥숟갈 위에 나눠 줄 수도 있는 그런 거다.

우리나라 방식대로 연락과 표현의 횟수가 연인 간 사랑의 온도를 대변한다면, 나는 앞으로 아예 수화기를 놓지 않겠다. 그럼 당신들이 그토록 바라는 영원한 사랑이 되는 건가. 내가 아는 사랑은 흘기듯 지나치는 '응' 한마디에도 마음을 알 수 있으며, 굳이 때마다 무얼 하는지 기계적으로 연락을 안 하더라도 따뜻한 마음을 느낄 수 있는 그런 건데. 1년에 단 한 번 엄마에게 쓰는 손 편지처럼, 사랑은 표현의 빈도나 형식이 증명할 수 없는 영역도 있는건데 말이다.

과거의 한 친구는 연인끼리는 잘 땐 무조건 같이 자야 한
다는 철학이 또렷했더랬다. 나는 가끔은 혼자 조용히 책을
좀 보거나 글을 쓰고 싶고, 잠이 안 올 땐 영화도 한 편 보
고 싶은데, 그 친구와 만나는 동안엔 혼자 있을 겨를이 없
었다. 밤만 되면 불을 꺼버리고 같이 잠자리에 누워 팔베개
를 해줘야 잠이 드는 식이었다.

　늘 처음이야 좋다. 그런데 그 마음이 오랫동안 유지되려
면 서로에 대한 존중과 배려가 보통의 생각 이상으로 필요
하단 생각이 든다. 그건 쉽지 않다. 우리가 헤어지고 이혼하
는 이유는 그 상황이 켜켜이 쌓여 균열이 일기 시작하기 때
문이다. 적절한 자유가 동반되면 좋을 일이다. 다만 그 자유
에는 무한한 책임이 따른다. 내가 여자친구, 혹은 전 아내가
이성 친구와 밤늦게 만난다 해도 아무렇지 않게 내버려 뒀
던 이유다. 무한한 자유를 줄 테니, 남녀 사이에 불경한 일
이 벌어지면 그에 맞는 책임을 지라는 것이다. 내가 말한 자
유와 책임의 경계는 상식에 기인한다. 자유를 줬더니 남사
친들과 새벽 5시까지 술을 마시고 귀가하는 걸 우리는 상식
이라 부르진 않을 것 같다.

　이젠 호탕한 친구가 좋다. 누군가와 거창하게 사귀는 건
이만하면 됐다. 또다시 서로를 어항 속에 가둬놓고 '사귐' 놀

이를 하다간 질식을 넘어 숨이 멎을지도 모르겠다.

배고프면 밥을 먹고, 잠이 쏟아지면 잠을 자는 것처럼, 뭇 이성과 만나 서로 혹하는 감정이 생기는 날엔 하룻밤 섹스도 괜찮다. 합법적이고 도덕적 경계만 넘지 않는다면 뭐가 문제랴. 솔로의 특권이니 다 좋은 거다.

'라쇼몽 효과'라는 말이 있다. 일본의 영화감독인 구로사와 아키라가 만든 영화 '라쇼몽'에서 유래된 말로, 기억의 주관성에 대한 얘기다. 똑같은 사건이라도 당사자마다 서로 다른 기억을 갖게 된다는 뜻이다.

내가 기억하는 사랑의 흔적들이 곡해되진 않았으면 좋겠다. 작은 어항 안에서 서로 사랑했으니까, 같은 기억을 가지고 살아가면 되는 거다. 라쇼몽 효과가 사랑의 영역만큼은 비껴갈 거라 믿고 싶다.

나의 X에게

오랜만에 안경을 꺼내 들었다. 양쪽 시력은 0.3 / 0.2인데, 생활하는 데는 아무 지장이 없어 별로 착용할 일이 없었다. 그러다 요즘 들어 대학원 논문 참여와 원고 마감을 한답시고 일하는 시간 외엔 종일 노트북을 들여다보고 있으니 눈이 침침해진 모양이다. 그렇게 다시 찾은 안경. 먼지가 제법 쌓인 안경을 꺼내 보다 잊고 지낸 기억들도 한 움큼 찾아왔다. 사실 이 안경은 수년 전 서울에서 만나던 전여친이 선물해준 그것이다. "오빠 눈 나쁘니까 이 안경 쓰고 나 잘 봐야 해!"하며. 그날의 속삭임과 소란이 스쳐 간 바람결까지도 아련히 떠오른다.

  몇 달 전 일이다. 집으로 편지 한 통이 날아들었다. 발신

자는 전여친 이름이 새겨진. 내용은 우리 1년 뒤에도 이렇게 만나고 있으면 같이 제주도에 오자는 것과 지금 오빠 마음이 내 마음과 같았으면 한다는 것이었다.

돌이켜보니 당시 만나던 친구가 마라도 여행에서 1년 뒤에 도착하는 우체통에 편지를 써서 넣은 모양이다. 잊고 있었던, 다만 따뜻했던 그 친구의 향기가 진한 커피 향이 되어 기억 속에 퍼진다.

기억을 추억할 수 있다는 건 참 좋은 일이다. 나의 뇌용량이 허락한다면, 나는 살아오며 겪었던 그 어떤 기억도 놓치고 싶지가 않다. 때로는 싸우고 어떨 때에는 갈등의 골이 깊어져 해소하기 힘든 경우도 허다했지만, 우리 한때 사랑한 사실은 변치 않을 기억일 테니 그들에게 남김없이 고맙다. 눈부시던 시절 그 가운데 함께였다는 건 지금도 가슴을 뛰게 한다.

사실 이별 뒤에도 전여친들과 연락을 주거니 받거니 하기도 한다. 지금은 대부분 결혼해서 예쁜 가정을 꾸리고 살고 있다. 당연히 '헤어진 사람과는 단절해야 된다'라는 우리 사는 사회의 암묵적인 룰이 있지만 나는 그러고 싶지 않다.

헤어진 지 수년이 지나면 그 시간의 단상이 그제야 아스라이 피어오른다. 그리고 이해의 폭은 단절된 시간만큼이나 넓어진다. 반목과 안녕의 마음이 교차하며 우리는 서로의 길을 가며 멀어졌지만, 어두워질수록 밤하늘의 별이 빛나는 것처럼 우리는 이따금 그 별을 바라보곤 했는지도 모르겠다. 태연한 척, 괜찮은 척 사는 게 다 무슨 소용일까. 사계절이 우리를 다 지울 때까지 기억의 바람은 불어오는데.

그 옛날 이방원이 노래했던 것처럼 이런들 어떠하며, 저런들 어떠할까. 만수산 드렁칡이 얽혀진 것처럼, 우리도 이와 같이 얽혀서 백 년을 살아가는 것을…. 익숙했던 너의 향기가 코끝에 걸려 아련하게 퍼진다. 너와 내가 함께했던 어느 계절에선가 바람에 실려 온 향기인가 보다.

그것만이 내 세상

안동 시내에서 212번 버스를 타고 강을 가로질러 1년여만에
다시 찾은 병원. 그러니까 정신병원이다. 병원 로비는 무슨
연유에서인지 많은 사람으로 붐볐고, 나는 30여 분을 기다
린 끝에 교수님과 1년여만에 다시 마주할 수 있었다.

우선 쓴 책을 전해드렸다. 먹고 사는 게 바빠 너무 늦어
서 죄송하다는 말과 함께. 책 에필로그 부분에 교수님과 나
눈 대화들도 등장하니, 교수님도 이 책에 어느 정도 지분이
있으시다고 했다. 그러더니 '피익' 웃으신다.

10분 정도 근황 얘기를 하다가 본론으로 들어갔다.

"교수님, 저 한동안 괜찮았는데, 요즘 다시 약을 좀 먹어
야 될 거 같아요. 특별한 어떤 일이 있었던 것도 아니고요,

멋진 일도 그동안 여러 번 일어났었어요. 근데 이제 알 거 같아요. 고착화된 우울한 기분들이 왜 자꾸 일어나는지요."

나는 계속해서 얘기를 이어갔다.

"특별한 이유보단 삶 자체에 회의가 드는 거 같아요. 살 만한 가치가 없다는 생각이 계속해서 들어요. 살며 행복한 적이 왜 없었겠어요. 얼마나 많았는지, 셀 수도 없을 거 같아요. 일류 대학에서 생소한 학문에 매료되어 밤낮으로 연구도 해보고, 근사한 직장에서 각국에서 모여든 엘리트층들과 자웅을 겨뤄도 보고, 남들이 부러워할 만한 멋진 여성과 연애도 하고 결혼도 해보고 말이죠. 그런데 다 순간이었어요. 안개처럼 사라질 순간의 순간, 그리고 그 순간의 또 다른 순간들이 달콤한 레몬처럼 여겨졌는지도 모르겠어요."

"그러다가 눈을 뜨게 됐어요. 삶의 거대한 질서 같은 것들이 보였던 거죠. 뭘 하더라도 의미가 없어졌어요. 철학책에 나오는 인생에 관한 담론들이나 공자와 맹자가 전하는 삶의 이치들도 뭐 하나 와닿는 게 없었어요. 그냥 술에 취하거나 약에 취하는 게 그 순간을 이겨내는 제일 현실적인 방법인데, 우리 사는 사회는 '힘내, 괜찮아질 거야.'라는 온정의 한마디를 추앙하며 여전히 믿나 봐요."

"교수님도 잘 아시겠지만, 철학자 쇼펜하우어가 그랬잖아요. 삶은 살 가치가 없다고. 3년 전부터인가 그 말이 어찌나 와닿던지요. 올해엔 조금 나아진 줄 알았더니 매한가지더라구요. 식욕도 그닥, 이혼 뒤 불현듯 누군가를 만나 나누는 섹스도 그 순간 뿐이었어요. 사람을 만나 사랑을 하는 건지, 서로 잠자리를 원하는 건지, 이제는 저도 모르겠어요."

"세상 사람들 모두가 화가 나 있는 거 같아요. 정치인들, 부모들, 지식인들, 청년들, 재래시장 어르신들까지 모두가요. 불과 몇 년 전까진 화를 삼키다가 윽박지르는 단계였죠. 그런데 이제는 일단 죽이고 보는 시대가 온 것 같아요. 갓난아기든, 청춘이든, 나이 든 어른이든, 일단 마음에 안 들면 죽이고 보죠. 이 단계가 지나면 또 어떤 잔인함이 닥칠지 선뜻 상상이 안 되네요."

얘기는 길어졌고, 교수님도 여러 말씀을 해주셨다. 기억에 남지만 글로 담아내기엔 적절치 않은 부분도 있어 생각나는 몇 자를 옮겨봤다. 그 전과 마찬가지로 교수님은 내 손을 꼭 잡아주셨다. 이번엔 약을 좀 강한 걸로 처방해줄 테니 너무 자주 먹지는 말고, 또 한 번 같이 이겨내 보자고 하신다.

지친다. 한 번씩 병원을 찾아 교수님과 상담하는 이유도 속마음을 풀 때가 여기밖에 없어서다. 아무리 불효자식이라도 엄마한테 가서 이런 얘기를 할 수는 없는 거다.

커피숍에 가서 아메리카노 한 잔을 산 뒤 그늘진 강가 어딘가에 앉았다. 장마가 갓 멈춘 뒤라 그런지 강물이 거세다. 저 강물처럼 삶도 하염없이 흐른다. 최고의 선은 물과 같다는 '상선약수(上善若水)'의 마음을 생각케 된다.

삶이라는 공유지에서, 할 수만 있다면 나 같은 쓸모를 다한 사람의 시간은 타인들에게 나누어 주는 게 맞겠다. 공유지의 비극이 일어나지 않도록, 그것만이 내 세상이란 생각이 든다.

'돌싱'의 삶에
관하여

언제부턴가 '돌싱'을 바라보는 우리 사회의 시선이 참 관대해
졌다. 인구 절벽과 맞물린 이유도 있을 것이며, 한 번뿐인 인
생이라는 '욜로(YOLO)'의 외침도 한몫했으리란 생각이 든다.

　TV에서는 서로 경쟁하듯 '돌싱' 프로그램들을 선보이고
있다. 시청자들은 강 건너 불구경하듯, 그들의 삶에서 대안
적 위로를 받기도 한다. '나는 가정을 꾸리고 잘살고 있는
데, 내가 가보지 못한 이혼한 타인들의 삶을 보니 어라? 재
미있네?'라는 호기심에. 또한 유명인들은 이제 아무렇지 않
게 그 흔한 '성격 차이'로 이혼했다며 거리낌 없이 대중에게
발표하기도 한다.

　얼마 전 친구 하나가 〈나는 솔로〉라는 프로그램에서 돌

싱 특집을 했다며 나보고 꼭 보라고 전해왔다. 그래서 봤다. 그 프로그램 자체를 처음 접했더랬다.

글쎄다. 뭐랄까. 가관이었다. 돌싱에 애까지 딸린 분들이 나와 대학교 미팅을 하듯 자기소개를 하고 자기 짝을 찾아가고 있었다. 경제적으로 여유 있는 분들이 대다수였고, 학벌도 알게 모르게 과시하는 모습도 보였다. 나는 보면서 그 생각뿐이었다. '저러고 싶을까?' 하는….

분명 흥미로운 소재이긴 했다. 유명인이 아닌 일반 사람들이 TV에 나와 짝을 찾아가는 과정이 긴 연애의 과정을 함축해놓은 듯 빠르게 전개되니 눈길이 갈 수밖에. 게다가 각본이며 대본도 없었다. 출연자 마음이 움직이는 대로 가는 거다.

방송 후 출연자들에 관한 일거수일투족이 기사화되자 거기에 달린 댓글 반응도 다양했다. '쟤는 뭐가 아쉬워서 한 번 갔다 온 놈이랑 다시 만나려고 하지?', '저 새X는 저러니 전에도 이혼했지', '한번이 어렵지 두 번이야 뭐…', 이런 부류의 댓글들이 눈에 띄었다.

보며 이런 생각이 들었다. '내가 그동안 얼마나 긴 착각 속에 살았던 거지.' 하는…. 나는 아닐 줄 알았다. "너는 아이도 없고, 아직 젊으니까 새로운 사람 만나서 새롭게 시작하면 충분히 된다."라는 주위의 조언을 있는 그대로 믿었다. 바보 멍청이처럼.

내 경우를 복기해본다면, 나는 6년 전 이혼을 한 뒤 근 1년 동안은 너무나 창피했다. 저 멀리 해외에서 온 하객 지인부터 비롯해 대형 병원장이셨던 주례 선생님, 그리고 양가 친지분들께까지. 이혼 뒤 수백 명이 넘어가는 그 많은 분께 죄송스러움을 금할 길이 없었다.

이혼 후 여자를 안 만난 건 아니다. 고향 안동에 돌아오며 '여자'라는 성별의 그룹은 다시는 만나면 안 되겠다고 마음에도 없는 다짐을 했는데 운 좋게 두어 명 그렇게 또 만났더랬다. 조용히, 소리조차 들리지 않게, 죄인이 된 마냥 그렇게 만나려고 노력하기도 했다.

어느 정도 연애하다가 시간이 흘러 안정이 됐을 때, 주위 사람들에게 알리려고도 했다. 그런데 그게 잘 안됐다. 나의 생각, 당신의 생각이 여전히 다르기 때문이다. 그러다 또 틀어지고 우리는 학창 시절처럼 철딱서니 없는 싸움을 시전하곤 했다.

이제 와서 항변하기는 싫다. 오롯이 '이혼'이라는 결과가 다 말해주리라 생각을 하기 때문이다. 아쉽다면, 이혼과 이별의 그 경계 어디 즈음에 존재하는 곡해 같은 것에 기인하는 사람들의 인식이다. 미혼 남녀가 연애하다 헤어지는 이별을 바라보는 것과 결혼 한 부부가 헤어지는 이혼을 바라보는 시각의 차이에서 발생하는 어떤 것이 나는 영 아쉽게 다가온다는 의미다. 미혼 남녀가 연애하다가 헤어졌다고 해서 '저러니 헤어졌지!' 하며 혀를 차는 사람은 없다는 얘기이기도 하다.

보통의 사람들이야 즐겁다. 본인 일이 아니기 때문에 동물원의 원숭이 구경하듯 웃고 떠들면 그만이다. 더군다나 군더더기 없는 행복한 가정에서는 무너진 타인의 가정을 들여다보고 있으면 막장 드라마를 보듯 얼마나 흥미로울까 싶다. 선조들도 그랬다. 강 건너 불구경과 싸움 구경이 제일 재미있다며, 조소 섞인 삶의 지혜를 우리에게 건네주셨다. 예나 지금이나 나만 아니면 되는 것이다.

몇 남지도 않은 내 주위의 사람들도 가끔은 참 나쁘다는 생각이 든다. 진즉에 내가 알아먹도록 다그치며 이야기를 해줬다면 좋았을 걸, 얼마나 긴 망상 속에 살았는지 낯이 뜨거워지기까지 한다.

당신들의 가족 중 누나 혹은 여동생이 있다면 나한테 소개해 줄 수 있을까? 뒤돌아서면 손가락질해대며 '하자(瑕疵)' 하나는 무조건 있겠거니 하며 단정해 버리는 '이혼남'인데,

가당키나 할까 싶다.

그동안 뭐가 그렇게 괜찮다며 마음에도 없는 위로를 건네는지, 아이러니하다. "멀쩡한 사람이라면 곧 죽어도 돌싱은 안 만날 거야!" 하며 누구라도 공감할 수 있는 진실을 얘기해줬다면 일말의 기대도 안 하며 살았을 것을, 누굴 탓할까 싶다. 이혼 뒤 시야가 협소해져서, 꺼져가는 희망이라도 잡고 싶은 내 욕심이 컸나 보다.

얼마 전 공무원을 비롯해 지역 사람들과 함께한 모임에 참석해 새로운 만남을 가졌었다. 사람들은 어느새 얼큰히 취했고, 요즘 사회의 화두인 학폭 문제에 관해 열띤 토론을 이어갔다. 그중 한 분이 나한테 묻는다.

"기헌 씨! 애는 어느 학교 다녀요?"

"아, 저는, 한번 갔다 왔어요. 애는 없고요."

"네?"

"몇 년 전에 이혼했어요(하하)."

"아. 그러시구나."

"네."

순간 사람들의 시선이 나한테 집중됐다. 비참했다. 그리고 부끄러웠다. 해가 갈수록 점점 볼품이 없어지니 그 정도는 더해갔다. 이런 상황이 한두 번도 아니어서 그러려니 하던 일상이었는데, 가끔은 충격파가 이날처럼 심장을 찌를 때도 있다. 이왕 동물원의 원숭이가 된 인생, 앞으론 그들 앞에서 원숭이 흉내라도 제대로 내봐야겠다는 다짐을 하며 자리에서 일어났다.

나도 가끔은 내 처지를 합리화하려 돌싱을 관대하게 바라볼 때가 있다. 그런데 나로 인해 분위기가 이상한 방향으로 흘러가는 광경을 볼 때면 이윽고 내 처지가 함께 부끄러워진다. 보통의 사람들도 돌싱에 관대한 게 아니라, 본인과는 상관없는 일로 치부하기 때문에 심각하게 생각하지 않는다. 땅콩 오징어를 뜯으며 가벼이 얘기할 수 있는 가십거리일 뿐이다. 그래서 말인데 돌싱에 해당하는 당사자들은 치부가 드러나는 어떠한 말도 함부로 낭설 하지 말고 가끔은 침묵하고 인내했으면 좋겠다는 생각이 든다.

특히나 부모가 범한 우로 인해 아빠나 엄마가 없이 살아가야 할 아이를 키우고 있다면, 그 침묵은 배가 됐으면 싶다. 인륜지대사라는 결혼이라는 제도를 파하며, 그것도 모자라 앞뒤 가리지 않고 사회에서 합의가 다 된 듯 또다시 제도 곁을 서성이며 떵떵거리고 다니는 사람들, 뭐가 그렇게 재미있을까 싶다.

이렇듯 도륙 나버린 삶이 후회도 되지만, 가끔은 맑은 하늘을 바라보며 〈지란지교〉를 꿈꾸기도 한다.

'저녁 먹고 나면 허물없이 찾아가 차 한잔을 마시고 싶다고 말할 수 있는 친구가 있었으면 좋겠다. 입은 옷을 갈아입지 않고 냄새가 좀 나더라도 흉보지 않을 친구가 우리 집 가까이에 있었으면 좋겠다. 그가 여성이어도 좋고 남성이어도 좋다. 나보다 나이가 많아도 좋고, 동갑이거나 적어도 좋다.'

'냉면을 먹을 때는 농부처럼 먹을 줄 알며, 스테이크를 자를 때는 여왕처럼 품위 있게, 군밤을 아이처럼 까먹고 차를 마실 때는 백작 부인보다 우아해지리라.'

고된 하루가 끝이 났다. 나도 동물원 문을 이만 닫고 컴컴한 방으로 가 좀 쉬어야겠다.

이루어질 수 없는 꿈

과거 외국의 한 대학에서 연수 중일 때였다. 하루는 현지인 친구와 식사를 같이 하고 노천카페에서 후식을 먹으며 이야기를 나눴더랬다. 시간은 오후 6시 즈음. 붉은 노을이 하늘을 뒤덮기 시작할 무렵이었다.

나는 하던 이야기를 계속 이어갔다. 언젠가는 꼭 파일럿이 될 거라고. 노을을 볼 때마다 그 다짐은 더욱 확고해졌다. 10여 년이 흘렀고, 지구 반대편에 서 있는 나는 오랜만에 다시금 노을을 마주할 수 있었다. 이번엔 노천 술집에서다. 같이 술자리를 이어가던 동생은 연신 사진을 찍으며 감탄했다.

가을을 시샘하는 찬 바람과 청량한 하늘을 붉게 물들이

는 노을을 직관으로 마주할 수 있다는 건 하루의 특권처럼 느껴진다. 가득 채운 술잔을 들고 건배하지 않을 수 없었다.

어느 깊은 가을밤 잠에서 깨어난 제자가 울고 있었다. 그 모습을 본 스승은 기이하게 여겨 제자에게 물었다.

"무서운 꿈을 꾸었느냐?"

"아닙니다."

"슬픈 꿈을 꾸었느냐?"

"아닙니다. 달콤한 꿈을 꾸었습니다."

"그런데 왜 그리 슬피 우느냐?"

제자는 흐르는 눈물을 닦아내며 나지막이 말했다.

"그 꿈은, 이루어질 수 없기 때문입니다."

10년 전 낯선 이국땅에서 꿈꿨던 파일럿의 꿈은 이제 이루어질 수 없게 되었다. 나의 무의식들은 여전히 많은 꿈을 기억하고 있지만, 그 모든 꿈은 이제 이루어질 수가 없다. 그래서 슬프다. 노을을 보며 슬퍼지는 이유기도 하다.

이토록 아름다운 저녁노을을 바라보고 있자니 살아온 날 보다 살아갈 날이 더 적어졌다는 사실도 무척이나 슬프다. 사랑하는 사람들과 어떻게 마지막 작별을 할 것이며, 맑은 공기와 하늘, 대지의 식물과 꽃들을 두고 어떻게 죽음을 맞이할 거며, 두 번 다시 체감하지 못할 사계절이 주는 행운은 어떻게 잊을지, 오늘처럼 유난히 좋은 날은 그래서 더 책망스럽게 느껴진다.

술잔은 비었고, 불혹을 바라보는 동생은 여린 마음에 노처녀로 늙어갈까 봐 이윽고 조바심이 나나 보다. 나는 얼큰히 취해 말했다. 10년 뒤에도 노처녀로 있으면 나랑 손잡고 세계 구경 다니자고.

노을을 보며 나는 오늘도 10년 뒤를 꿈꾸게 됐다.

명절별곡(1)
전야(前夜)

명절을 맞이하는 재래시장의 하루는 그 어느 때보다 시끌
벅적하다. 사람들로 북새통을 이루고, 대목 성시를 이루는
가게 상인들은 저마다의 노하우로 손님들의 이목을 집중시
키기도 한다.

나도 어느새 시장 사람이 다 됐나 보다. 오늘은 얼마나
바빴던지, 배달 들어오는 속도를 감당하지 못해 결국 명절
음식 준비를 하고 계시던 어머니를 가게로 호출했다. 그래
도 계속 밀리는 바람에 손님분들께는 핀잔을 듣기도 하며,
그렇게 재료가 모두 동나고 나서야 마칠 수 있었다.

밤이 되자 북적이던 시장통은 길고양이들의 안식처로 변
했다. 고요하다. 가로등의 내리쬐는 불빛이 먹이를 찾는 고

양이들의 등대가 되어주는 것만 같다.

안동의 번화가는 명절 밤이면 서울의 홍대 거리 부럽지 않게 많은 젊은이로 가득 차 있다. 1년에 두 번, 설날과 추석 전날이 대개 그렇다. 객지 생활을 하다 오랜만에 고향을 찾은 사람들의 얼굴에서는 마음의 안식처를 찾은 마냥 편안한 모습을 볼 수 있다.

나도 그랬지 아마. 오랜 객지 생활을 하며 이따금 찾던 내 고향 안동이 얼마나 안락했던지. 엄마가 차려준 밥을 먹고, 엄마가 까주던 귤을 한 움큼씩 집어 먹으며 나누던 이야기와 명절의 광경들이 아득히 떠오른다.

명절 때면 저 멀리서 찾아오는 삼촌과 고모네 가족, 그리고 전국 각지에 흩어져 있던 사촌 동생들도 기다려지곤 했다. 모여서 함께 윷놀이하고, 할머니 눈을 속여가며 장난을 치던 모습을 떠올리면 지금도 미소가 감돈다. 좋았다. 곁에 있어 준 가족들 덕분에, 나는 정말 행복했다.

이젠 명절이 다가와도 가족, 친구 하나 없는 삶이 됐지만 많은 기억이 언제나 나를 지탱해준다. 기억은 항상 그 자리에 있으니까, 나는 또 다른 명절이 찾아와도 끄떡없다.

봉식당. 어감이 좋아 이름 붙인 이 돈가스 가게도 벌써 5년 차가 되며 그간 정이 참 많이 들었나 보다. 이제 내 본래의 자리로 천천히 돌아가려 하니 어떻게 처분할까 싶은 생각이 든다. 장사를 하기 전엔 몰랐다. 가게에 설마 정이 들까 했다. 단골이 되고, 형, 동생이 되기도 하는 손님들과 유대도 망설여지는 작별에 큰 지분이 있을 거란 생각이 든다.

이번 연휴 동안 읽을 책 한 권을 고르려 며칠 전엔 도서관을 잠깐 들렀는데, 〈너를 찾아서〉라는 추리 소설을 골라 봤다. '끝내지 못한 작별이 사랑하는 사람들에게 미치는 슬픔과 고통에 대한 이야기', 라는 인트로가 와닿았다. 오늘은 책을 읽고, 맥주 한잔 마시며 넷플릭스 영화 한 편을 보면 되겠다.

그 언젠가 난장이가 쏘아올린 작은 공을 기억한다. 고요한 인내와 연민의 시간을 아직 정점까지 떠오르지 않은 그 작은 공과 함께하고 싶다. '알라신을 믿되, 타고 갈 낙타는 묶어두라.' 했던 하디스의 가르침처럼, 지혜로움도 함께 꿈꾸는 명절이 됐으면 좋겠다.

명절별곡(2)
밤(夜)

사람들은 가족들과 어우러지는 명절이 정말 좋을까. 그토록 풍성하며, 설 혹은 한가위만 같아라, 하며 자신 있게 말할 수 있을까.

　나는 잘 모르겠다. 며느리는 며느리대로, 사위는 사위대로, 시누이나 올케들은 그들대로 아카데미 남녀주연상을 독식할 것처럼 제 본연의 모습을 감추고 연기하는 것만 같은 모습인데. 비단 나만의 착각이길. 이랬거나 저랬거나, 나는 올해 설도 재혼하라는 집안 어른들의 닦달을 웃어넘기며 제법 무던해지긴 했지만, 고달픈 건 어쩔 수 없나 보다. 감정이 차올라 마음에도 없는 말을 내뱉기도 하고, 그렇게 또 지새우게 됐다.

임하호라는 절경의 호수를 품은 카라반 캠핑장을 찾은 우리 가족. 늦은 밤 홀로 걷는 산책길의 달빛이 설익게 느껴진다. 함께 반전에 반전을 거듭한 윷놀이도 즐기고, 누나네와 마음에 쌓아둔 많은 이야기도 나눴다는 게 참 좋다.

항상 행복했으면 좋겠다. 아프지 말고, 그리고 울지 말고. 우리 엄마, 누나, 조카들이 이 한 세상 정말 행복하게 살았으면 좋겠다. 사람이 온다는 건 어마어마한 일이니까, 나에게 와준 그들의 행복, 그것만이 나의 행복이기도 하다.

달빛이 진다. 강 위에 빛의 물결이 퍼지며, 윤슬이다. 제주 애월 앞바다에서 봤던, 그 윤슬이다. 좋다, 이 밤.

명절별곡(3)
야후(夜後)

죽은 사람들에게 차례를 올리는 산 사람들의 명절은 아이러니하게도 즐겁다. 공항은 여행객들로 발 디딜 틈이 없고, 관광 명소들은 차량 행렬로 몸살을 앓기도 한다. 산 사람의 특권을 충실히 누린 나 또한 연휴 동안 죽은 아버지를 그만 잊어버리고 다 늦게 소주 한 잔 드리러 납골당을 찾았다.

오랜만에 찾아서인지 그사이 하늘나라 친구들은 곱절로 늘어난 듯 보인다. 명절을 맞아 납골당 친구들 모두가 꽃단장을 새롭게 한 모습도 눈에 띈다.

근데 이상하다. 우리 아버지 납골함은 나 말고는 찾는 이가 없는데, 예쁜 꽃이 놓여있다. '누구지…?' 가족들한테 물어봐도 다 아니라고 한다. 희한한 일이다. 누굴까.

볼썽사납고 자꾸 반복된 얘기 같아 망설여지지만, 과거에 이혼하고 한 달 뒤쯤 혼자 납골당을 찾은 적이 있다. 그때에도 웬 편지 한 장이 놓여있길래, 누군가 싶어 꺼내 읽어봤다.

전처였다. 아버지는 살아생전 본 적도 없고, 누군지도 모를 며느리였던 셈이다. 편지에는 힐난이나 아쉬움의 표현은 찾아볼 수 없었고, 되려 말미에 '아버님, 기헌 오빠 참 좋은 사람이에요. 그런데 결과가 이렇게 돼서 너무 죄송합니다.'라는 글이 적혀 있었다. 아팠다. 그렇다고 다시 연락한 적도 없지만, 그 친구와 처가 가족에게만큼은 평생 속죄하는 마음을 가지고 살아야겠다는 다짐을 그때 했더랬다.

영화 〈그랑블루〉에는 이런 대사가 등장한다. "2년 전에는 그녀를 위해 죽을 수도 있었어. 그런데 지금은 이름조차 생각나질 않아." 내 마음도 그와 별반 다르지 않을 거란 생각이 든다.

꿈을 꾼다. 농부가 된 나는 온종일 밭을 매다 저 멀리서 새참을 정성스럽게 준비해 온 색시를 발견하곤 목청껏 부른다. 색시는 제 서방을 목놓아 부르며 빠른 걸음을 재촉해 달려온다. 둘은 봄바람을 맞으며 우연히 찾아온 봄날의 순간을 함께 한다. 내가 사는 동안 한 번도 이뤄볼 수 없는 장면이 될 것 같아 이 좋은 봄날 꿈으로 남겨본다.

긴 연휴가 지나고 나니 노곤하다. 산비탈의 결을 타고 불어오는 바람이 봄의 전령처럼 따스하게 느껴진다. 봄이 온다는 것만으로 어느새 기분이 좋아졌나 보다. 지저귀는 새소리와 따스한 햇빛은 봄이 우연이 아님을 확신케 해준다.

낡은 서랍 속에서

엄마가 집에 밑반찬을 많이 해놨다며 가게 쉬는 시간에 잠깐 들러서 가져가라고 연락이 왔다. 그리고 오랜만에 찾은 엄마 집. 엄마는 출근해서 집은 텅 비어 있었고, 보자기에는 반찬이 바리바리 싸여있었다. 휭 한 공기가 맴도는 기분이 들었다. 이 아파트에는 내가 중학교 때 이사를 왔으니 벌써 30년이나 지난 셈이다.

텅 빈 집을 혼자 두리번거리다 작은 방으로 가 내가 쓰던 책상의 낡은 서랍을 오랜만에 뒤적여봤다. 당시 신드롬을 일으켰던 서태지와 아이들 사진과 홍콩 배우 주윤발과 왕조현 등의 사진들을 덕지덕지 붙여놓은 책받침들이 보였다. 인터넷은 물론이고 폰도 없고 연락처라곤 집 전화밖에 없던 시절, 저 멀리서 '펜팔'을 하던 여자애와 주고받던 편지들도 그대로였다.

그 틈에서 낯익은 청첩장도 보였다. 다름 아닌 6년 전 내 결혼식의 청첩장이었다. 기억이 새록새록 떠올랐다. 보통 청첩장을 만들 때 글귀는 업체 측에서 관용적으로 그럴싸한 표현들을 넣어준다. 그런데 나는 내가 직접 쓰겠다고 했다. 불과 5~6줄 정도밖에 넣지 못하는 짧은 공간에 우리 부부의 마음을 담고 싶었다.

다음은 청첩장에 담긴 내용이다.

갑작스러웠던 첫 만남을 기억합니다. 추운 겨울날 서로의 삶에 스머들어 사랑의 씨앗을 움트기 시작했고, 햇살 좋은 가을날 그 결실을 맺으려 합니다. 소중한 분들을 정중히 모시고 부부로서의 하나 됨을 서약하겠습니다. 부디 귀한 걸음 하셔서 아직 영글지 못한 저희에게 지혜를 빌려주시길 소망합니다.

그렇게 나는 내 편과 함께 상의하고 논의할 수 있었다. 가게 개업할 때, 가게 이름을 정할 때, 메뉴를 정할 때도 마찬가지였다. '가족'이라는 울타리 내에 있는 모든 구성원과 함께 의견을 나눌 수 있었다.

시간은 흘렀고, 지금의 나는 혼자가 됐다. 아늑해야 할 집은 온통 말 못 하는 사물들밖에 없다. 밖에서도, 집에서도, 나는 마음을 터놓고 얘기할 상대가 없어진 지 오래다.

퇴근 후 TV를 보며 시원한 맥주 한 캔을 나눠마시며 오늘 하루를 얘기할 사람이 없다. 곧 다음 책을 출간해야 하는데, 함께 원고를 보며 이번 책의 방향과 제목은 어떤지 상의할 사람도 없다. 내년쯤에 박사과정을 밟고 싶은데, "어떤 전공이 좋을 것 같아?"하며 물어볼 사람도 당연히 없다.

며칠 전 아는 동생과 집 앞에서 소주를 한잔했더랬다. 결혼한 유부녀인데 그 친구 시간이 날 때마다 한 번씩 만나곤 한다. 한껏 취하더니 걔는 나한테 "이혼하고 오빠한테 시집갈까?" 하며 농을 던진다. "응, 와. 기다릴게. 대신 위자료 두둑이 챙겨서 와!"라며 나는 응수한다. "치~." 그러며 짠도 하지 않고 혼자 술을 마시는 동생에게 나는 농을 뺀 채 말을 건넸다. "말 같지도 않은 소리 하지 말고, 나처럼 인생 망치기 싫으면 지금 남편 미우나 고우나 고맙다 그러고 잘 살아라잉~"

그래야 한다. 모두가 가급적이면 이혼은 엄두도 내지 말고 잘 살아야 한다. 이제 밖으로 나오면 믿거나 의지할 사람을 찾기 힘든 시대다. 맘충, 한남충 등 '충(蟲)'이 득실거리고,

온갖 유해물질과 스팸으로 가득한 사회에서 상대가 사기꾼인지, 정상인인지조차 분간하기 힘들게 됐다.

그 옛날 이름 모를 소녀와 펜팔을 할 때처럼 순수한 사랑을 기대하기 어려워졌다. 꼬깃꼬깃 손 편지와 '삐삐'의 음성 메시지에 설레던, 그날의 우리처럼 말이다.

청첩장 끝부분엔 우리 아버지 이름 앞에 붙은 한자어 '예고(故)'자가 눈에 띈다. 죽은 사람, 즉 망자(亡者)의 이름 앞에 쓰는 존칭이다. 우리 아빠는 내가 결혼한 지도, 이혼한 지도, 시궁창에 쑤셔박힌 채 이 모양 이 꼴로 살고 있는지도 전혀 모를 테니 다행인가 싶기도 하다.

퇴근길 밤하늘을 보니 곧 비가 쏟아질 것만 같다. 혼자 여울진 창밖을 보며 막걸리 한잔할 주막이 없을까. 사각의 벽으로 둘러싸인 텅 빈 집은 영 별로다. 이렇게라도 사람들 틈에 껴 한잔하고 싶은 밤이다. 외로움과 곤궁의 시간이다.

그냥, 함께 있는 것이 좋아

서울의 한 대기업에서 사내 아나운서 일을 하는 선배가 안동에 여행을 왔다. 다음 날 부산에 행사가 있어서 사회를 보러 가는데, 오랜만에 내 얼굴도 볼 겸 안동이란 도시 구경도 하고 싶어서 겸사겸사 온 거라고 했다.

반가웠다. 거의 5년 만에 보는 듯했다. 선배는 여전히 당차 보였고, 유부녀란 게 무색할 정도로 30대를 방불케 하는 젊음과 미모를 자랑하고 있었다. 호텔을 예약하고 온다길래 나는 기어이 방이 남아도는 우리 집에서 머물라고 했다. 어차피 이야기보따리를 풀자면 잠은커녕 밤을 새울 것이 당연해 보이기도 해서다. 선배가 워낙 또 말술이기도 했다. 선배는 알았다며 대신 술은 본인이 다 쏠 테니 마음껏 먹자고 하신다. 빈손으로 오기도 뭣하다며 비싼 와인도 두 병이나 사가지고 오셨다. 이야기꽃을 피우며 새벽을 쉬이 맞았다.

선배는 미국의 뉴욕대에서 국제정치학을 전공했다. 그래서인지 대화할 때면 주로 내가 질문을 하게 된다. 이번 이스라엘 사태와 중동지역의 정치 지형에 대해서도 많은 이야기를 들을 수 있었고, 선배가 생각하는 미국 주도의 세계질서에 관한 맹점도 상세히 들어볼 수 있었다. 현역을 떠난 지가 너무 오래됐나, 어떤 주제들에선 선배의 이야기에 논리정연하게 반박을 하는 게 힘들었다. 이젠 혼자서 뉴스만 간헐적으로 접하다 보니 학문적인 지식도 바닥을 보이나 보다. 그래서 나는 가끔 우연찮게 마주하는 이런 시간이 참 뜻깊게 느껴진다. 스승에게 한 수 잘 배우는 느낌, 그런 거다. 두어 시간을 얼큰히 마시더니 선배는 동네 구경도 할 겸 산책을 하러 나가자고 한다. 밤공기가 차서 내 패딩을 선배에게 둘러주고 그렇게 집을 나섰다. 얘기는 걷는 중에도 이어졌다.

선배가 궁금해하던 나의 이혼 이야기부터 지금 하는 돈가스 가게까지, 선배도 그간 궁금한 게 많았나 보다. 그리고 우리는 코인 노래방으로 향했다. 이 가을밤, 선배에게 규현의 〈광화문에서〉라는 노래를 들려주고 싶어서다. 취했으니까 내가 규현이라 생각하여라, 하며 노래는 시작이 됐다. 두 번째 소절 가사는 이렇게 시작된다. '난 모르겠어. 세상 살아간다는 게' 이 부분이 어찌나 애석하게 다가오던지. 광화문, 그리고 그 누군가와 함께 걸었던 덕수궁 돌담길은 여전히 그리움으로 남는다. 영원히 그리움길, 그 그리움이 언제나 내 안에 애틋하게 남아있길, 오늘도 바라본다.

노래방 안에서 춤추고 노래하며 우리는 체력을 다 소진한 채 집으로 돌아왔다. 이제 2차를 시작하잔다.

밤은 깊어가고 우리는 대학 MT를 온 마냥 즐거움에 들떠 있었다. 나는 어쩌면 변하지 않는 것을 찾고 있었는지도 모르겠다. 많은 친구와 멀어지고, 이별과 갈등 속에서 버티는 삶이 처절하게 느껴질 때가 많았던 나날들이 영겁의 시간 속으로 묻혀간다. 너무 많은 것이 변했고, 모두 돌이킬 수 없다는 걸 직시할 때면 가슴이 무척이나 아프다.

다정한 사람이고 싶다. 앞에 있는 선배처럼, 어렵겠지만 나도 다정한 사람이 되길 소망해본다. 텅 빈 집이 선배로 인해 따스한 온기가 도는 기분이다.

술자리를 위한 배경음악은 선배와 나의 학창 시절을 함께했던 H.O.T 메들리로 정했다. 선배와 둘이 소리내어 따라 부르며 새벽을 향해간다. 맞다. 함께 있는 것이 좋다면, 그걸로 된 거다.

장례식⑴ 절망에 공감하는 밤

서울에서 친하게 지내던 후배의 남편상 부고를 전해 들었다. 가게 문을 하루 닫은 나는 부랴부랴 먼지가 쌓인 정장과 넥타이를 동여매고 서울로 길을 나섰다.

이유도 알지 못했다. 문자를 받고 잠깐 통화를 했지만, 흐느끼는 목소리만 들었을 뿐이다. '나 지금 바로 갈게.' 하는 그 흔한 말 한마디에 마음이 전해졌길 바랄 뿐이었다. 이 친구는 우리 아버지가 돌아가셨을 때, 그리고 내가 결혼했을 때도 그 멀리서 한달음에 찾아주었다. 부조도 얼마나 큰 금액을 했는지, 기억이 나지막이 떠올랐다. 이혼하고 혼자 저 멀리 떠나있을 때도 이따금 전화해 "오빠 새장가는 내가 보내줄게." 하며 아무렇지 않게 위로가 되어주곤 했었다.

장례식장에 도착해 인사를 건네고 우리는 테이블에 마주 앉아 잠깐 얘기를 나눴다. 심장마비 같은 급사라고 했다. 황당하다며, 뭐 이런 일이 다 있냐며 후배는 눈시울을 붉혔다. 조문객들이 계속 빗발치는 바람에 오래 앉아있지도 못하고 나는 인사를 한 뒤 금세 발길을 돌렸다.

"연락할게. 마무리 잘하고, 힘내!"

"고마워 오빠, 조심히 내려가. 전화할게!"

그토록 밝던 후배의 뒷모습이 낯설게 느껴졌다. 많은 말을 하지 않아도 잘 알 수 있다. 슬픔은 슬퍼해 본 사람만이 가장 잘 알 수 있기 때문이다.

범람하는 슬픔에 우리는 어떻게 대응할 수 있을까. 사랑하는 사람이 너무 보고 싶은데, 영영 볼 수 없는 그 깊은 슬픔은 어떻게 헤아릴 수 있을까. 북망산천의 수많은 못자리가 우리 영혼의 안식처가 될 수 있을까. 돌아오는 차 안에서 생각했더랬다.

가끔은 절망에 공감하는 밤이 될 수 있길, 그래야겠다.

'착한 내 후배 윤아야, 그럼에도 살아가자 우리!'

장례식⑵ 내가 곁에 있어야 할 곳

올해만 벌써 4번째 듣게 되는 부고 소식. 이틀 전에 입은 검은 코트를 들쳐 입고 또다시 길을 나선다. 죽음과 삶의 간극은 어느새 이토록 가까워졌다. 할아버지, 할머니 세대들의 죽음을 목도했던 시절은 저만치 물러가고, 이젠 서로의 아버지와 어머니, 혹은 친구와 선배들의 죽음이 잦아졌다.

눈물을 쏟아내며 조문객들과의 술 한 잔에 지쳐 잠들기를 반복했던 10년 전 우리 아버지의 삼일장을 생각하면, 슬픔의 무게는 누구에게나 같은 질량으로 보존이 되는 것만 같다. 아픈 어머님을 모시며 아침마다 어린아이처럼 안부를 물었던 고향 형님이 장례식장에서 목놓아 운다.

나는 어쨌거나 슬픈 사람 곁에는 있어야겠다. 아무 말도 떠오르지 않지만, 나는 그들 곁에는 있어야 하겠다.

온 하루가 기쁜 사람들에게 내가 끼어들 틈은 없다. 그들 근처에 얼씬거릴 마음도 없다. 오늘도, 그리고 내일도, 맛있는 음식을 먹으며 풍요로운 삶을 즐기는 그들의 삶 근거지에 닿고 싶지도 않다.

고단하다. 사는 게 뭔가 싶다. 봄이 왔는데 목련이 피지 않을 것만 같은 생경한 마음도 든다. 아무 의미도, 희망도 찾지를 못하겠다. 이러고 시간만 좀먹다가 앞서간 죽음의 선배들을 따라 흔적도 없이 사라지겠지. 다시 눈 뜬 그곳은 어디가 될까. 오늘 같은 날은 지난한 하루의 이야기를 나눌 벗이 간절해진다. 한 번도 본 적 없는 이웃이어도 좋고, 저 멀리서 밭을 매다 하루의 일과를 끝낸 농부여도 괜찮다. 온 맘을 다해 기도를 끝마친 성직자여도 좋겠다.

어두운 밤 산길을 더듬어 불쑥 찾아올 그 사람을 기다리며, 오늘은 방문을 열어 두고 잠을 청해야겠다. 이젠 낯설지 않은 죽음이 찾아와도 좋을 일이다.

사람들의 웃음소리가 오늘은 영 달갑지 않다. 저들은 뭐가 그렇게 좋을까.

장례식⑶ 내 생애 마지막 날은

고향 선배의 어머니가 돌아가셨다는 부고 소식을 전해 듣고 장례식장에 다녀왔다. 장례식장은 꽤 한산했고, 상주인 선배는 지인들과 둘러앉아 술잔을 기울이고 있었다. 선배의 얼굴에서 슬픔은 찾아볼 수 없었고, 웃고 떠드는 모습이 꽤 정겹게 보였다. 맞다. 그렇게 웃고 떠들며 삼일장을 지새우면 되는 거다.

　돌아오는 길엔 같이 간 친구랑 카페에 들렀다. 웬걸, 술만 찾던 내가 따뜻한 커피가 한잔 먹고 싶었나 보다. 우리는 연이어 죽음에 관해 얘기했고, 건강을 소환했다. 내가 오롯이 상주가 되어 장례를 치러야 할 할머니, 그리고 우리 엄마와는 어떻게 마지막을 맞이해야 할 것이며, 당신들이 없는 이후의 삶은 또 어떻게 버텨낼지에 관해 얘기하며 한숨을 연거푸 내쉬었다.

결혼해서 아이가 둘 있는 친구의 삶과 어디서도 환영받지 못하고 허우적대고 있는 나의 삶은 그 결이 사뭇 달랐다. 친구는 그런다. 어느 날 밤중에 나한테 전화해서 세 번 연속 안 받으면 우리 집에 찾으러 오겠단다. 고독사만큼은 하지 않게 한 번씩 들여다봐 주겠다는 것이다.

고마운 일이다. 이제 완전히 혼자 남은 세상을 생각해야 된다는 게 그리 달갑지는 않다. 지금이야 다소 젊은 혈기에 혼삶을 버텨낸다지만, 5~60대가 돼서도 혼자 살고 있을 생각을 하면 비참하기도 하고, 부끄러움에 지금보다 더 단절된 삶을 살아갈 것만 같다.

그즈음이면 친구네들은 자식들이 장성해서 농익은 사랑의 참맛을 느낄 수도 있을 것이며, 손자를 보는 기쁨도 덤으로 누리고 있을 것이다. 그때 나는 얼마나 더 위축되어 있을까. 큰 병이 찾아와서 혼자 투병 같은 걸 하는 모습이 내 마지막은 아니었으면 좋겠다. 존재의 내음도 풍기지 않은 채 조용히 살다가 뙤약볕에서 졸도하던지, 근사한 영화를 한 편 보다가 숨이 갑자기 멎는 마지막이라면 차라리 낫겠다.

사진 한 장, 쓴 책, 혹은 원고 한 장 남겨두지 않는 거다.

통장 잔고는 0원으로 수렴되어 최후의 날엔 이 지구별에 아무 흔적도 남아있지 않길 바라는 마음이다.

잠들며 마지막 꿈을 꿀 수 있다면, 국민(초등)학교 1학년 때 처음 반장이 됐을 때, 그날 그 눈물 없던 때를 찾아가는 거다. 그리고 반 아이들 대표로 "차렷, 선생님께 인사!"하며 외친 뒤 교실 뒤에서 흐뭇하게 바라보고 있는 엄마 품에 안기는 거다. 그거면 된 거다.

밤늦게 돌아온 집이 오늘도 여느 때처럼 휑하다. 방바닥은 얼음장처럼 차다. 그만 자야겠다. 눈 뜬 내일 아침은 창밖에 흰 눈이 소복이 쌓여 있었으면 좋겠다.

나는 언제나 죽음을 생각한다

자려고 누웠는데 친구 놈한테서 전화가 왔다. 심장이 답답해서 병원에 갔는데 검진하더니 다음 주에 수술이 잡혀버렸다고. 어린 시절부터 골목대장을 자처하며 그토록 강인하게자라 온 친구가 태어난 지 얼마 안 된 제 아이들 생각에 걱정이 되긴 한가 보다.

올해 초 또 다른 친구 하나가 갑작스러운 급사로 세상과등을 졌고, 한 살 터울의 선배도 몇 달 전 명을 달리했다. 100세 시대에 절반도 살지 못했는데 우리는 그렇게 뒤안길로 사라지곤 한다. 별로 놀랍지도 않다. 불과 몇 년 터울로차례차례 갈 거란 생각을 해보면, 고통 없는 갑작스러운 죽음이 되레 부럽기도 하다.

생각해본다. 내 마지막은 중환자실에서 고통에 겨운 모습일지, 혹은 사고사일지, 것도 아니라면 심장마비 따위의 급사일지. 상상은 하기 싫지만, 으레 누구라도 맞이할 미래의 모습을 나는 조금 더 미리 그려 볼 뿐이다. 내일 당장 어떤 상황이 닥쳐도 당황하지 않고 마지막을 맞기 위해서다.

그렇다면 나는 마지막 상황에서 누구를 가장 그리워하게 될까. 첫사랑, 아니면 마지막 사랑? 혹은 '미안하다', 또는 '보고 싶었다'라는 그 흔한 말을 끝내 전하지 못한 또 다른 누구일까. 평소에 전하지 못한 이야기들이 죽음 앞에 서야만 용기가 날 것 같기도 하다.

늙고 병들어가는 자연스런 현상이 때론 두려울 때도 있다. 이 너머 세계에는 어떤 세상이 있을지 궁금하기도 하고, 지은 죄가 커 시지프스 처럼 영원한 고통 속에서 살게 되는 건 아닐지, 우려되기도 한다.

가급적 모든 내 마음을 담아 구석구석 글로 남겨 놓으려는 노력도 그에 기인한다. 같은 시대를 살아온 가족과 친구들에게 내가 이 세상에 존재하지 않더라도 언젠가- 어디에선가- 닿았으면 하는 소망에서다.

별로 오래 살고 싶은 생각은 추호도 없지만, 그 끝이 비참하진 않았으면 좋겠다. 더불어 사는 동안 겪은 모든 이별과 미움에 있어서도 살아있는 동안 최대한 용서를 구할 수 있었으면 좋겠다.

나는 언제나 죽음을 생각한다. 그래서 나의 하루는 그만한 의미가 있다고 믿는다. 가을이 왔지만, 아직 여름이 남아있다. 그 여운도 함께 생각한다. 이 아름다운 삶을 살아오며 참 많은 사랑을 받기도 했다. 남은 시간도 그 언제나처럼 아름다운 지구의 푸르름을 꿈꾼다.

나는 이별까지 사랑한 적이 없다

피로하다. 역사를 모티브로 소설을 쓴다는 게 창의를 요하는 것보단 문헌 자료를 찾아보고 시대 배경을 간파해야 하는 것이었는데, 시간이 지날수록 예삿일이 아닌 것만 같은 생각이 든다. 이러다 말겠지 뭐, 그렇게 또 쓰다만 먼지 가득한 원고로 남을지도 모르겠다.

머리를 식히러 가게 짬 시간에 오랜만에 넷플릭스를 훑었다. 그러다 〈연애 빠진 로맨스〉라는 영화가 추천작으로 떴다. 직접적으로 하는 연애는 이제 젬병이니 남이 하는 연애를 보며 설렘이라도 느끼고 싶어 영화를 들여다봤다.

'뭐지 이거, 재미있는데?' 하는 생각이 초반부터 들기 시작했다. 대세 배우 손석구와 전종서가 나와서가 아니다. 너무 현실적이어서다.

"왜? 모텔 왔는데 술 취해서 아무것도 못 하고 나가니까 돈 아깝나?" 하며 원초적 본능을 숨기지 않는 내숭 없는 대화와 섹스, 그리고 사내에서의 불륜과 원나잇 장면들이 성인들의 연애와 흡사 너무도 닮아 있기도 했다. 10대 때는 머리로 연애하고, 20대 때는 가슴으로 연애하며, 30대부터의 연애는 배꼽 밑으로까지 내려온다는 대사도 이내 다가온다.

극 중 잡지사 기자로 분한 손석구가 처한 현실들도 공감이 많이 됐다. '글로 흥한 자, 글로 망하리라!'라는 어느 성현의 조롱 섞인 조언도 글을 또 하나의 업으로 삼고 있는 나로 하여금 다시 무언가를 복기케 해줬음은 물론이다.

영화 후반부에 이런 장면이 등장한다. 우연찮게 손석구의 휴대폰을 보게 된 전종서의 오해가 걷잡을 수 없이 커져 결국 파국을 맞이하는 장면이다.

그 언젠가 내 폰을 보자며 떼쓰던, 그날의 그 친구 모습이 떠올랐다. 나는 마지못해 비밀번호를 풀어 폰을 건네줬다. 그 친구는 꼼꼼히 다 훑었더랬다. 친구들끼리 모인 단톡(단체 대화)방을 보며, 가족들이 모여있는 단톡방을 보며, 그리고 아무렇지 않게 주고받은 지인들과의 대화들을 모두 보며, 그렇게 나도 파국을 맞았더랬다. 잘잘못을 해명하거나 평계를 댈 만한 종류의 싸움이 아니다. 개인의 프라이버시를 침범하는 순간 균열이 일그러지고 상대가 상상한 모든 우주는 오해 덩어리로 변질되는 것이다.

상대가 화장실에서 볼일을 보거나 샤워할 땐 어떤 루틴을 가지고 있을지, 혼자 잠자리에 누웠는데 문득 오르가슴이 차올라 스스로의 힘으로 쾌락을 즐기고 있진 않을지, 상상은 자유다. 남녀 불문하고 모든 사람이 은밀한 개인의 공간에서는 그 어떤 형태의 행위가 됐건, 그 자유를 만끽할 테니까. 그런데 타인이 침범하는 순간, 그 자유는 도륙이 나고 이내 황폐해지며 오해들로 얼룩진다.

때론 이런 결과로 우리 관계는 가벼우며 우스워진다. 어쩌면 그동안 만났던 이마다 인내보단 이별의 명분을 찾으려 애쓴 듯한 느낌도 든다. 책을 냈더니 책 내용에는 관심이 없고, SNS나 서점 등에 달린 댓글들을 보며 혹시나 댓글을 단 여성들과는 무슨 사이인지 캐묻는 이도 있었다. 가게를 운영하며 서빙을 하는데, 여자 손님한테는 왜 그렇게 친절하게 대화를 건네냐며 뾰로통해진 친구도 있었고 말이다.

다 좋다. 우주를 연구하고 이해하려 한 호킹 박사도 우주보다 더 미스터리 한 존재가 여자라고 했으니 이해할 만하다. 다 좋은데, 나는 할 말을 점점 잃어간다. 가급적 입을 다

물고 조용히 하루하루를 버텨내야겠단 생각이 요즘 하루의 9할 이상을 차지한다. 내가 아무것도, 혹은 아무 말도 안 하면 앞서 말한 저런 식의 오해를 살 일이 없기 때문이다.

영화에서 손석구와 전종서는 이별을 맞이한 뒤 과거를 회상하게 된다.

비 오는 날 광화문에서, 강이 내려다보이는 시골 고택에서, 여수 앞바다의 한 포장마차에서, 휴전선 너머 북한 땅이 내려다보이는 어느 펜션에서 나눴던 대화들이 나도 어렴풋이 생각이 난다. 상대가 누구였는지는 알고 싶지 않다. 내 기억 속에만 존재하는 그날의 모습들이 그저 좋았던 것이다. 다시 그런 날이 온다면? 나는 한사코 사양하겠다. 어떤 종류의 이별이든 나에겐 여전히 힘들기 때문이다.

30대부터는 연애의 감정이 배꼽 밑 은밀한 어딘가에서부터 시작된다고 했다. 43살을 지나고 있는 나는 그 어딘가도 훨씬 지나버린 셈이다. 그나마 바란다면, 아직 버틸만한 두 다리를 지렛대 삼아 지구촌 곳곳을 손잡고 걷는 연애가 좋을 것만 같다는 것이다. 몽골 속담에 '칼의 상처는 아물어도 말의 상처는 아물지 않는다'라고 했다. 당신들이 이별을 예감한 듯 아무렇지 않게 툭 던진 말들, 달이 해를 가리려 준비하는 듯한 오늘 같은 밤은 참 아프게 느껴진다.

1 사랑과 이별, 그리고 상한 마음의 일기

그놈의 결혼, 또 결혼

할아버지 제사를 지내고 밤늦게 서울에서 먼 거리를 온 삼촌하고 막걸리를 앞에 두고 얘기를 나눴다. 예기치 못한 결혼에 관한 얘기였다. 이혼한 지 6년 정도가 됐는데, 그 사이 삼촌이 다시 결혼하라는 얘기는 한 번도 한 적이 없어서 나도 뜬금이 없었다.

앞뒤 근거도 없다. 무조건 다시 결혼하란다. 무슨 놈의 애가 결혼해서 가정 꾸릴 생각도 안 하고 그렇게 혼자 살 거냐고, 정신머리가 나갔냐며 다그친다.

나는 되물었다. 아니, 나 혼자 조용히 잘살고 있는데 그동안 아무 말도 없더니 갑자기 왜 그러냐고… 삼촌은 그런다. 그동안은 내가 아파할까 봐, 내 눈치 때문에 아무 말도 안 했다며. 그런데 마흔세 살이 되도록 멀쩡한 애가 혼자 있으니 이젠 화가 치밀어 오른단다.

얼마 전 할머니 생신 때 마을 사람들을 불러놓고 잔치했는데, 그날도 일부러 나를 안 불렀다고 한다. 집안 장손이 이렇게 혼자 있는 게 동네 사람들 보기 창피했단다. 얘기를 엿듣던 엄마도 옆에서 거든다. 다 치워라, 엄마 속 뒤집히든 말든 너도 그냥 혼자 살고 엄마도 혼자 살고, 이렇게 살다가 죽자며 그동안 켜켜이 쌓아둔 감정을 쏟아낸다.

할 말을 잃었다. 반박할 생각도 없었다. 당신들 말씀이 어쩌면 다 맞기 때문이다. '나 혼자 산다'라는 이 시대의 기치를 명분 삼아 그럴듯한 핑계를 대며 피하기도 싫었다. 나도 궁상맞게 중년의 나이에 혼자 살기는 싫기 때문이다.

해서 이혼 후에 돌싱녀 뿐만 아니라 애 딸린 유부녀도 만나보고, 다소 어린 친구도 만나보며 그렇게 시간을 흘겨보내도 봤다. 그들로부터 사랑도 받고, 마음을 주려고도 애써봤다. 그런데 잘 안된다. 어떡하나 이걸. 마음도 안가는 사람과 어떻게 또 한 이불을 덮고 살아가라는 건지, 이해가 잘 안된다.

내가 그 많던 친구들을 다 차단하고, 고향으로 돌아와 재래시장에서 돈가스나 튀기며 사람들과 연을 끊고 사는 이유를 말해 뭐할까 싶다.

　모르겠다. 지금도 정말 마음을 다해 누군가를 사랑하고 싶다. 그런데 내 힘으론 이제 안 되는 걸 어떡하나.

　이 많고 많은 사람 중에 여태 내 짝꿍 하나 못 만났다는 건, 정말 부끄러운 삶을 살아왔다는 방증이기도 하다. 좋은 대학 가고, 좋은 직장 다니는 게 좋은 삶은 아니었다.

　차라리 그 누군가가 꿈꿔왔던 삶처럼 저녁을 먹고 나면 허물없이 찾아가 차 한잔을 마시고 싶다고 말할 수 있는 친구가 있었으면 좋겠고, 입은 옷을 갈아입지 않고 김치 냄새가 좀 나더라도 흉보지 않을 친구가 우리 집 가까이에 있었으면 하는 마음뿐인데, 이마저도 바라마지 않아야겠다.

　언제나 혼자서 바닷가를 거닐며 파도 소리를 듣고 싶어질 뿐이다. 되도록 아무도 없는 곳이면 더할 나위 없겠다.

죽음을 기억하라 (Memento mori)

얼마나 지났을까. 한 주가 시작되는 오늘은 새벽녘 잠에서
종일 뒤척이다 새초롬히 눈을 떴다. 칠흑 같은 방안의 어둠
에서 폰을 찾아 헤맸고, 침대와 벽 사이 틈으로 떨어져 있
던 폰은 새벽 4시를 향하고 있었다.

어제는 집안 곳곳에 수북이 쌓인 먼지들을 청소하고 밀
린 빨래를 한 뒤 책을 보다가 잠이 들었는데, 찰나의 하루가
먼 과거의 일처럼 느껴졌다. 요란한 꿈에 투시되어 몇 광년
의 차원을 넘나들고 온 건지도 모르겠다.

잠들기 전까지 읽다 만 책은 〈내가 틀릴 수도 있습니다〉
였다. 저자인 비욘 나티코 린데블라드는 전도유망한 엘리트
출신으로 갑자기 회사를 때려치우고 태국의 한 사원에 들

어가 스님이 된 이다. 성취한 모든 것을 버리고 깨달음을 얻기 위한 구도의 길로 들어섰던 것이다.

이후 17년 만에 고향인 스웨덴으로 돌아가게 되고, 그는 1년 6개월간 우울증을 앓고 자살 충동까지 느끼게 된다. 17년 동안 수련했음에도 삶의 공포와 불안을 벗어나지 못한다는 사실에 그는 절망하게 된다.

"다시는 여자친구를 사귀지 못할 거야. 가족을 이루지도 못할 테고, 직장을 구하지 못할 텐데 집이나 차를 살 여유가 생기겠어? 아무도 나와 함께 있고 싶어 하지 않겠지. 영적 성장을 위해 17년 동안 공을 들였는데, 겨우 이 모양 이 꼴이로군." 하며 그는 탄식한다.

내 처지와 너무도 맞닿아 있어서, 나는 밤새 그의 책 속에서 그의 삶을 웅변해 보고 싶었는지도 모르겠다. 결국 저자는 2018년 루 게릭 진단을 받고, 2022년 세상을 떠났다.

글쎄다. 나는 언젠가 아이를 낳고 사랑스런 아내와 한 가정을 꾸리며 사는 게 최고의 가치가 아닌가 싶은 생각을 하곤 했었다. 아버지가 갑작스럽게 돌아가시며 내가 새롭게 만들어갈 가정의 울타리는 더욱 견고했으면 하는 바람도 가졌었다. 의학계 계관시인으로 불리는 영국 출신의 올리버색스(1933~2015)라는 유명한 시인이 있다. 그는 메멘토 모리

(Memento mori), 즉 죽음을 기억하라고 설파하며 죽기 전 이런 말을 남겼다.

"무엇보다 이 아름다운 별에서 나는 지각력을 갖춘 존재였고 생각하는 동물로 한평생을 살았으니, 그 사실만으로도 대단한 특혜를 누리고 모험을 즐겼습니다."

모르겠다. 지극히도 평범한 하루를 또 살아내며, 어젯밤 그 먼 곳으로 슬픈 광년의 여행을 다녀오며, 나는 이런 생각을 해보게 됐다. 죽음을 잊지 않을 때 삶이 온전해진다는 것. 그 죽음은 이제 나에게도 너무 가까이 와버렸다는 것.

잊고 싶지 않은 일들만 가득한데, 우리는 오늘도 갈등과 반목으로만 균형추가 기울어 가는 기분이다. 그 균형추에 간당간당하게 매달려 살아가는 내가, 이 아름다운 별에서 할 수 있는 일들이 더 남아있을까. 지구처럼 동그란 미소 짓는 일이라면 모르겠지만.

어느 호스피스 병동의 간호사가 평생 마주한 천 개의 죽음도 낯설지 않게 느껴진다. 죽기 전에 죽음을 기억할 수 있는 자각력을 갖췄다는 건, 특별한 행운이 아닐 수 없다. 그래서 나는 오늘도 죽음을 기억한다.

나쁜 한 명을 뺀 모두에게

"올해엔 아파하지 말고 우주를 향해 높이높이 날아요!" 하며 바다 건너에서 생일 축하 메시지를 보내온 한 동생. "응? 웬 우주? ㅎㅎ 여튼 고마워!"하며 어리둥절했던 나.

그리고 어제, 우주복을 입은 토끼 한 마리가 선물 포장이 되어 집으로 왔다. '아, 이 뜻이었구나…' 하며 무릎을 '탁' 쳤다. 올해 계묘년을 뜻하는 토끼와 가끔 밤하늘의 별을 보며 우주를 그려봤던 내 마음을 바다 건너에서까지 이렇게 알아주는 이가 있을 줄은 꿈에도 생각지 못했다. 그래서 묘한 의미와 울림이 느껴진다.

2년째 쓰고 있는 너덜너덜한 모자를 좀 바꾸라며 해외에서 예쁜 새 모자를 사 온 귀여운 동생, 신발 좀 깨끗한 거신으라며 새 신발을 사준 친구, 이번에 검찰청으로 출입처를 옮기며 취재하기도 바쁠 텐데 예쁜 니트를 사서 보내준 서울의 한 기자 선배, 저 멀리 캐나다에서 내가 와인을 좋아하는 걸 어떻게 알았는지 와인 2병을 보내준 멋쟁이 누님, 종일 목도리를 한 땀 한 땀 떠서 선물로 준 세상에서 제일 예쁜 내 조카, 그리고 많은 지인으로부터 받은 커피와 케익 쿠폰들까지.

여기 10명의 사람이 있다고 가정을 해보자. 개중 1명은 나쁜 사람이고 9명은 좋은 사람이다. 근 수년간 어쩌면 나는 그 1명에 골몰하며 신경을 곤두세운 채 살아온 건 아닌가 싶은 생각이 든다. 이토록 날 생각해주는 9명의 존재는 잊어버린 채.

언젠가 나는 밤하늘을 보며 이야기했더랬다. 미국 LA에 가서 경비행기 자격증을 따겠노라고. 그리고 앞서 얘기한 9명을 낡은 경비행기에 태우고, LA 밤하늘을 비행할 것이다. 이륙과 함께 기내 방송을 통해 이렇게 이야기를 함께 전하는 것이다.

"This is captain speaking, thank you guys for your hospitality you've extended to me last whole years. enjoy tonight!!"

꿈을 현실로 만드는 건 내 전문 영역이기 때문에 별안간 이루어지지 않을까 싶다. 감사하다. 나쁜 1명을 뺀 모두에게, 사랑의 마음을 담는다.

세상과 거리가 느껴질 때

어제는 밤새 지인들과 모여 축구를 보고 새벽녘 집으로 돌아왔다. 비 오는 거리를 또각또각 걸으며….

　그리고 침대에 누워 내가 쓴 책을 폈다. 처음이었다. 내가 쓴 책을 처음부터 끝까지 다시 읽어본 적은. 머쓱하기도 하고, 뭐 그랬다. 인터넷과 SNS를 수놓은 내 책에 대한 댓글과 서평을 보고 있자면 그 머쓱함은 배가 된다. 여기 최근에 쓰여진 한 서평이 인상 깊다. "고요해 보이는 우물에 던진 돌멩이가 한없이 한없이 깊이 가라앉는 걸 지켜보고 있는 기분이 책을 읽는 내내 나를 조금 힘들게 했다."

　'맞다. 내 삶, 정말 고요했는데….' 하는 생각. 나는 어쩌다가 한없이 한없이 깊이 가라앉았어야만 했는지, 하는 알지 못할 억울함.

그래서 책을 쓸 무렵으로 다시 한번 거슬러 올라가 본다. 비하인드 스토리 같은 거다.

당시 두 명의 친구가 기억에 있다. 한 명은 서울 언론사에서 직장 생활할 때 경쟁사에 있던 기자 친구였다. 우연찮게 만나 여러 이야기들을 나누며 친해지게 됐는데, 그 친구 명함 뒷면엔 '내 삶의 총아는 나!'라는 글귀가 적혀 있었다. 지구별 여행자를 꿈꾼다나 뭐라나. 아무튼 그랬던 것 같다.

한번은 주말에 우리 집 근처를 지나가다가 "야, 임기헌~ 나 너 집 근처인데 서울숲 가서 맥주 한잔할래?"하며 연락이 왔다. 으레 여자가 먼저 연락해서 만남을 제안하는 문화가 우리나라에서는 참으로 어색한데 이 친구는 그런 것 따위도 없었다. 그리고 한강이 바라보이는 뭇 좋은 곳에 앉아 낮술을 벌컥벌컥 들이부었다.

이 친구는 서울대학교에서 영문학을 전공했었다(자기 말로는 학교서 퀸카였다는데 알 길이 없었다). 그래서 가끔 영어 이야기들을 많이 나눴었다. 한번은 나한테 묻는다. "기헌아 너는 연인들 사이에 만약 거리가 느껴진다면 그걸 영어로 어떻게 표현할 거야?"라며. 나는 대답했다. "I'm just feeling some distance from you." 친구는 다시 묻는다. "그럼 세상이랑 거리가 느껴지면?" 나는 답했다. "fucking world." "하하!" 서로 취기가 올라 그렇게 웃더랬다.

그 이후에도 우리는 종종 만나 어울렸고, 내가 고향에 돌아온 이후에는 연락이 뚝 끊겼더랬다. 그리고 제주도에 간 뒤 우연찮게 연락이 닿았다. 제주도엔 왜 갔냐며, 많이 힘들었냐며 물어왔다. 애써 부정했지만, 그 친구의 말 한마디가 왠지 나보다 더 슬퍼 보이는 느낌이 들었다.

그리고 두어 달 후 부고 기사를 통해 그 친구가 하늘나라로 갔다는 소식을 전해 들었다. 원인은 사고라고 하는데, 모르겠다. 그녀는 어쩜 그렇게 슬프게 웃고 있었는지, 나는 그제야 이해가 됐는지도 모르겠다. 지난날 나한테 물어왔던 질문. '세상이랑 거리가 느껴진다면?' 하는 질문에 나는 왜 아무 말도 해주지 못했는지.

두 번째는 제주도에 거주하며 고양이들과 함께 일상을 기록하는 한 유튜버였다. 웬만하면 다 알만한 대형 유튜버였는데, 그 친구 영상은 당시 나한테 너무 큰 위로가 됐다. '때 묻지 않은 착한 사람'이라는 표현이 제일 어울렸는지도 모르겠다.

그래서 조심스럽게 메일을 보냈더랬다. 만남의 의도는 전혀 없었다. 그렇게 마치 과거의 펜팔처럼 우리는 메일로 대화를 이어 나갔다. 따뜻했다. 제주 바다 위에 햇살을 가득 머금은 윤슬처럼, 그 친구의 온기가 느껴졌다. 이후 그 친구도 알 수 없는 이유로 하늘나라로 떠났다.

이렇다. 어느 동화에서는 착한 사람은 모두 하늘나라로 먼저 데려간다는데, 내가 사는 삶이 꼭 잔혹 동화인 것만 같을 때가 있다. 나는 못돼먹어 빠졌으니, 이승에서 조금 더 고통을 받은 뒤 데려갈 모양인지도 모르겠다.

책에 담지는 않았지만, 나는 이 친구들의 죽음이 너무나 애석하게 다가왔다. 혼자 울기도 많이 울었었다.

그래서 이제 그 친구에게 끝내 답을 주지 못했던 이 질문에 대한 해답을 다시 한번 찾아야 할지도 모르겠다. '세상과 거리가 느껴질 땐 어떡해야 할지.'

어느 날, 입양을 생각하게 됐다

나는 결혼 생활은 실패했지만, 아이라도 한 명 있었으면 어땠을까 하는 생각을 가끔 하게 된다. 이유는 간단하다. 내가 아이를 너무 좋아하기 때문이다.

지금도 나는 핏덩이 때 조카들의 모습이 담긴 사진들을 지갑 한켠에 고이 넣어 다닌다. 그리고 가끔 고단할 때면 하늘이나 바다를 바라보며 조카들과 아버지가 담긴 사진도 함께 꺼내 보곤 한다.

내 나이 마흔셋. 1982년생 개띠. 12월 31일생이라 두어 시간만 더 늦게 태어났으면 한 살을 더 아낄 수도 있었을 텐데, 하는 아쉬움을 안고 오늘도 숨비 소리를 내며 살아간다.

재혼은 포기했다기보다는, 나이와 현실에 가로막혀 포기

를 당하게 되었다. '아직 늦지 않았다', '할 수 있다'라는 위로는 미안하지만 이젠 공허한 메아리로 밖에 들리지 않는다. 낫 놓고 기억 자도 모르는 학생한테 "넌 서울대 갈 수 있어."라고 하는 메아리와 결이 같다고도 할 수 있겠다.

그들의 반복되는 메아리에 질색이 나서, 나는 가끔은 직접 현실적 대안을 그려보곤 한다. 입양은 어떨까 싶은 거다. 과거 어느 다큐멘터리를 보며 비혼주의자인 한 여성이 아이 둘을 갓난아기 때부터 입양해서 키우는 모습을 봤다. 그 아이들은 어느새 고등학생이 됐고, 입양아란 사실을 빤히 알면서도 여느 엄마와 딸아이처럼 맑게 지내는 터였다.

내 핏줄이 아니라면 거부감부터 들던 내가, 이젠 이런 생각까지 드는 이유는 뭘까 싶다. 얼마 전 집 베란다에 상추 모종을 사서 수일을 키우며 결실을 봤다. 신기했다. 물을 주고 정성을 다하니 완전한 그 무언가가 되는 모습이.

살아가는 동안 단 한 번만이라도 내 아이를 마주할 수 있고, 그 아이를 정성을 다해 키운다면 나는 어떤 기분이 들까. 나는 그 기분이 참 궁금할 뿐이다. 그래서 '입양'이라는 고귀한 행위에 나 따위가 해서는 가당치도 않을 상상을 해보게 됐다.

하늘에 계신 우리 아버지는 다 자란 나를 보면 어떤 기

분이 드실까. 우리 아버지 시계는 내 나이 서른셋에 정확히
멈춰버렸는데.

사람이 가꾼 채소나 저절로 난 나물 따위를 우리는 '푸
성귀'라 부른다. 그 나물을 꺾어 책 속에 집어넣으면 말라서
책갈피로 변하게 된다. 그러면 그 잎사귀는 영원히 시들지
않게 되는데, 그걸 일본에서는 '오시바나(おしばな)'라 부른
다. '푸성귀'가 '오시바나'로 변하는 과정이다.

푸성귀 사랑과 오시바나의 마음이 그리운 계절이다.

그럼에도 꽃향기는 묻어 있을 거다

'크리스마스'보단 '크리스마스이브'가 왠지 모르게 설레임이 더하는 기분이다. 새해가 시작되는 1월 1일보단 한 해의 마지막인 12월 31일이 그런 것처럼. 그 어떤 특별한 날의 전야는 이처럼 우리의 설레임을 극에 달하게 만드는 것만 같다.

아기 예수의 탄생일인 크리스마스가 하루 앞으로 다가왔다. 그야말로 전 세계 최대의 축제일이라 할 수 있겠다. 1년 내내 이날을 기다려왔다고 해도 과언은 아니겠다. 가족과 연인들은 사랑을 매개로 크리스마스의 축복을 당신께 전할 준비를 하느라 모두가 들떠있다.

크리스마스의 상징인 산타 할아버지와 루돌프를 생각만 해도 우리는 동심으로 빠져든다. 왠지, 어딘가에서 굴뚝을 타고 들어와 선물을 전해주실 것만 같다. 우는 아이에겐 선물을 주지 않는다고 했는데, 해서 나는 올해는 선물을 받긴 글러 먹고야 말았다.

이즈음 계획했던 일들이 모두 틀어지면서 나는 또 한 번 시름을 앓게 됐다. 세상의 번민을 혼자 다 짊어진 듯, 어제는 밤새 고민을 해보기도 했다.

실력이 문제인지, 노력이 문제인지. 혹은 내가 생각하는 모든 게 틀렸는데, 내가 감히 지금도 경쟁력이 있다고 생각하는 자가당착에 빠져 있는 거 아닌지. 정신 차리라며 뒤통수를 한 대 강하게 맞은 기분이다.

내년 초부터는 드로잉 작가분과 콜라보로 '시절인연(Love in Time)'이라는 테마로 작업을 함께 해보기로 했다. 그런데 문제는 강하게 맞은 뒤통수의 여운이다. 자신이 하나도 없어졌다. 내 모습이 낯설어졌다.

한 해를 돌아보며, 가급적 냉정하게 지나온 날들을 복기해본다. 올 초 목표했던 이젠 누군가를 만나면 다시는 이별하지 않겠다는 다짐도 공염불이 됐고, 계획했던 일들은 모두 수포로 돌아갔다. 차라리 작년에 "나는 올해는 돈가스만 열심히 튀기며 장사에만 집중할 거야!"라고 목표했다면 만족이라도 했을걸, 하는 생각이 든다.

수많은 사람이 스쳐 지나가는, 가끔 어두운 가로등 아래 외로이 서 있는 헌옷수거함을 볼 때면 무수한 사연들로 가득할 것만 같다. 크리스마스 날 온 누리에 내려지는 축복은 어둠에 그을진 헌옷수거함의 그것과도 결이 별반 다르지 않을 거란 생각을 해본다. 쓸모를 다한 그 옷들에도 꽃향기는 묻어 있을 거다. 산타할아버지가 한 아름 들고 나눠주는 그 선물들에 입혀진 향기처럼….

모쪼록 올 한해를 무사히 이겨낸 우리가 모두 승자라고 할 수 있겠다. 꽃향기가 가득한 당신에게, 축복이 가득했으면 좋겠다.

여분의 삶은 다정한 사람이 될 수 있길

뙤약볕에 갇힌 여름도 저만치 멀어져간다. 빠르다. 그 옛날 어르신들이 입버릇처럼 말씀하셨던, 나이 듦에 따라 시간의 체감속도가 달라진다는 게 예사의 말은 아니었던 것 같다.

보통 세밑에서 사람들은 한해를 돌이켜보고 다음 해 계획을 세우곤 하지만, 나는 이렇게 한 해의 중간 즈음에 한번 복기를 해보게 된다. 이상한 습관과도 같은 거다. 세밑에서 하게 되면 이루지못한 목표들을 다음 해로 또 미루듯 넘겨야 하지만, 중간 점검하면 보완하거나 수정이 쉬워진다.

작년 일기장을 들여다보니 몇 가지 목표를 적어놓긴 했다. 먼저 제일 우선시했던 미국 파일럿 조종사 과정. 올해 초에 시험과 서류에 합격하고 과정을 밟으러 가려고 준비까지 해놓은 터였다. 그런데 집안에 일이 좀 생겨버렸다. 큰돈이 필요로 한. 별수 없었다. 선택지도 없었다. 그렇게 그 계획은 휴지장처럼 날려 보냈다.

다음은 두 번째 책 출간. 현재 원고는 마무리됐고, 편집 작업 중이니 무난하게 이루어 낼 수 있을 것 같다.

또 하나는 책 50권 읽기. 현재 30권 정도 읽었으니 이 계획도 달성을 할 수 있을 것 같다. 타인의 경험이나 지혜를 공짜로 득할 수 있는 책 읽기는 이 세상 최고의 효율을 자랑하는 아이템이 아닌가 싶다.

마지막으로 올해는 순수익을 작년보다 곱절로 달성해보자는 것. 해서 생각해봤다. 나는 도대체 직업이 뭘까 하고. 돈가스에, 식자재 납품, 작가, 번역, 통역, 과외, 강연, 주식/부동산 투자…. 누가 보면 사기꾼이 아닌가 싶겠다.

물론 어느 정도 수익이 꾸준히 된다. 그런데 이 말을 덧붙이고 싶다. 비슷한 벌이여도 보통의 가정과 나 같은 1인 가정은 지출이 다르기 때문에 단순 비교가 어렵다는 것이다. 나는 100을 벌면 100 모두를 저축하거나 써도 된다. 그런데 아이가 있는 가정은 다르다. 100 모두가 저축은커녕 지출로 빠져나가는 경우도 허다하다. 잘 알 수 있다. 다만 가정을 이루고 아이를 가진 건 그들 선택이기 때문에 책임을

지며 살아가면 된다.

　나는 혼자 살아갈 선택을 했기 때문에, 남들보다 경제적인 부분은 조금 더 여유 있게 살아가면 되는 거다. 단지 아내는 물론이고 자식조차 없이 평생을 혼자 살아야 하므로 그에 대한 준비와 고민을 안아야 하는 단점도 분명 있다.

　먼 훗날 늙고 병들었을 때, 어느 한순간에 고통 없이 심장이 멈춰버리는 축복이 내린다면 얼마나 좋을까 싶다. 통장 잔고는 0원, 부동산과 자동차, 자산 등은 모두 사회에 기부한다는 유서만 남긴 채, 저 광활한 암흑의 세계로 사라지는 거다. 세상에 빈손으로 왔으니 빈손으로 가는 거뿐이다. 그리고 그 무엇으로도 다시는 세상에 태어나지 않기를 바라는 거다. 그러고 보면 살며 누군가에게 피해만 주게 됐다. 병든 아버지를 지키지 못했고, 결혼 이후 가정도 건사하지 못했으니 엄마에겐 살아생전 갚지도 못할 만큼의 불효를 저질렀단 것도 잘 알 수 있다.

　영원한 사랑을 고백한 친구들과는 가슴 아픈 이별이 잦았고, 사랑해서는 안 될 사람들과 사랑을 나누기도 했다. 급하게 돈을 꿔달라는 지인들을 매몰차게 대한 경우도 부지기수였고, 아픈 친구들을 어루만져주지 못했으며, 나쁜 길로 빠지지 않도록 바로 잡아준 학창 시절 선생님들껜 그 이후로 감사하다는 말 한번 전하질 못했다.

인간의 평균 수명이 보통 80세가 훌쩍 넘어가는데, 나에게 만큼은 그마저도 너무나 길게 느껴진다. 서른다섯 살까지. 난 그때까지면 충분했다. 굳이 성탄절이 아니어도, 온 세상이 기쁨이었으니 말이다. 지금 여분의 인생을 살고 있는 나는, 그래도 생에 참 고맙다. 지저귀는 새들과 은행 한 닢, 찬란한 태양과 밤하늘의 별들을 모두 보고 어루만지며 느낄 수 있었다. 뜻하지 않게 많은 사람으로부터 받았던 사랑은 특별한 행운이었다.

언젠가 뵈었던 스님께서 이런 말씀을 해주셨다. 잘난 사람이 되는 것보다 다정한 사람이 되는 게 훨씬 쉽지 않다고. 아마도 그런 것 같다. 그래서 할 수만 있다면, 내 여생은 특별한 행운을 건네준 그들에게만큼은 다정한 사람이 되어 보고 싶다.

2.

시시한
하루의 일기

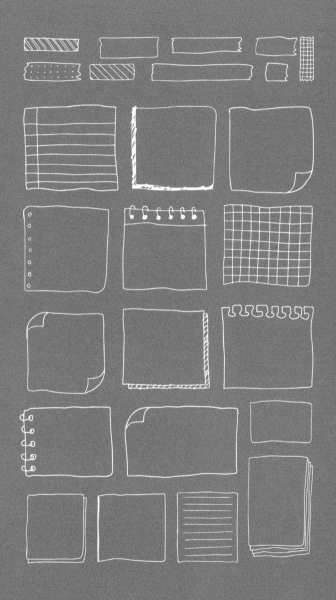

돈가스 아저씨의 외출

"긴 시간 동안 제 이야기 들어주셔서 감사하고, 사회 곳 곳에서의 파수꾼이 되어 우리 이다음에는 꼭 정상에서 다 시 만나요. 감사합니다. 돈가스 아저씨 임 기헌이었습니다."

무사히 끝이 났다. 서울의 한 대학 교수님의 초청으로 2 시간 반가량 진행된 후배 대학원생들과의 만남.

처음부터 끝까지 오롯이 내 이야기만을 잔뜩 풀며 학생 들로부터 공감을 자아낸다는 게 처음에는 너무 부담으로 다가왔다. 현직을 떠난 지도 오래됐고, 이미 천재 소리를 들 으며 명문대에 입학한 친구들한테 학문적인 이야기를 하자 니 무의미할 것 같고, 이 친구들한테 어떤 이야기를 들려주 면 좋을까 싶었다.

그러다 문득 생각이 든 게 내가 이 친구들보다 잘난 건 대략 20년 정도는 밥을 더 먹었으니 그 경험칙을 얘기해 보는 거였다. 졸업 이후부터 취업 과정, 토익 만점 받는 비법, 해외 유학 생활하는 동안의 해프닝, 그리고 이 친구들이 제일 궁금해할 언론사 생태계와 기자 생활 같은 것이었다.

이것도 따분할 수 있으니 회사를 갑자기 때려치우고 고향으로 내려와 돈가스 장사를 하게 된 계기, 그리고 내 필살기(?)인 이혼 얘기와 우울증으로 제주도에 삶을 마감하러 갔다가 책을 써온 얘기들도 풀면 좋을 것 같았다.

반응은 예상외였다. 학생들 눈에 불이 켜지기 시작했고, 강연이 끝난 후엔 질문 세례가 끝없이 이어져 정해진 시간을 훌쩍 넘기고 말았다.

과거 대학 강연을 종종 갔을 땐 ppt에 준비를 많이 해서 갔는데, 이번에는 메모 한 장 없이 순전히 내 지나온 삶을 언어로 풀어내다 보니 스스로 삶을 복기해보는 시간도 덤으로 가질 수 있었던 것 같다.

나는 마지막엔 성시경 노랫말을 인용해 학생들에게 한가지 당부했더랬다. "아픈 나를, 바라봐줘요'하며 주위의 많은 이들이 울부짖고 있어요. 멀리 있지 않답니다. 바로 여러분들 곁에 있을 수도 있어요. 많은 걸 바라진 않아요. 살아가며 아픈 누군가를, 부디 한 번만 따뜻한 마음으로 바라봐주세요. 저는 지금도 진행형이지만, 5년 동안 우울증으로 너무 힘들어서 학생분들께 결례가 되는 줄 빤히 알면서도 이런 말씀을 드리며 강의를 마칠까 합니다."

이후 마지막 인사와 함께 강연은 끝이 났고, 나는 내가 쓴 책 몇 권을 학생들에게 건네주고 강의실을 빠져나왔다. 캠퍼스의 잔디는 푸르렀고, 커플들은 손을 잡고 사랑을 나누며, 학업에 몰두하는 학생들은 한아름 책을 짊어지고 어디론가 향하고 있었다. 졸업 시즌이라 센스 넘치는 현수막이 곳곳에 즐비했고, 학사모를 던지며 마지막 인사를 전하는 학생들의 모습도 정겨웠다.

오랜만에 찾은 캠퍼스의 낭만은 깊고 진했다. 어디선가 봄 향기가 손짓하듯, 과거 대학생 때의 내 모습이 저 먼발치에서 잔상처럼 희미하게 다가오는 기분도 들었다.

이렇게 한 수 잘 배우고 나는 또 돌아간다. 이제 더 확고히 내 분수를 알고 겸손하게 살아갈 일이다. 여전히 공부에 대한 미련이 많이 남지만, 내일 돈가스 고기 작업과 가게 오픈 준비를 하려면 나도 서둘러 고향 안동으로 내려가야 한다. 내 직업은 대학가에서 어슬렁거리며 낭만에 취해있을 한량이 아닌, 이젠 완연한 돈가스 아저씨이기 때문이다.

올림픽의 추억

짙은 파란색의 날개를 장착한 촌스러운 선풍기가 힘차게 회전하며 돌아가고, 보기 드물게 컬러 TV가 나오는 주인아주머니 집에 잠시 둥지를 튼 나는 처음으로 올림픽을 시청할 수 있었다. 1988년 서울 올림픽, 그러니까 82년생인 내 나이는 7살 즈음 되었던 걸로 짐작할 수 있다.

좁은 방에 두 집이 엉켜 앉아 수박과 보리차를 갖다 놓고, 우리는 개막식이 시작되기만을 기다렸다. 당시에는 연락할 수단이 없는 터라 일 나가신 아버지를 그저 눈 빠지게 기다릴 수밖에 없었던 나는, 집 앞 경적에 아버지가 왔음을 직감하고 뛰쳐나가기도 했다. 허름한 '포니' 택시 기사였던 우리 아버지는 다행히도 개막식이 시작하는 시간에 딱 맞춰 우리와 합류하게 됐다. 처음 마주하는 올림픽이기에 잔뜩 기대하고 몰입해서 봤지만, 생경한 기억은 없다. 마스코트 호돌이와 굴렁쇠를 굴리며 잠실 운동장을 가로지르던 한 소년, 그리고 '손에 손잡고'를 열창하던 가수밖에는….

당시에는 소련이 해체 전으로 미국과의 냉전 시기였던 걸로 기억하는데, 올림픽 순위에서도 두 강대국이 메달 순위를 놓고 1, 2위를 다투는 쟁탈전이 무척이나 뜨거웠다. 그 와중에 변방의 작은 우리나라는 역대급 성적인 4위를 기록했고, 이는 세계에 대한민국이란 나라를 알린 시초가 된 셈이기도 했다.

이후에 컬러 TV가 보편화되며 1992년 바르셀로나 올림픽부터는 각자의 집에서 응원을 할 수 있었다. 아버지 택시는 소형차 '엑셀'로 바뀌었더랬지 아마…. 이제 국민(초등)학교 5학년이 된 나는 누나와의 각방을 써야 할 만큼 성장한 터라, 지하 단칸방에서 네 가족이 지내기는 힘들어진 시기이기도 했다. 그래서 은행에 무리하게 빚을 내어 13평짜리 방이 두 칸 달린 임대 아파트로 이사를 하게 됐다. 기뻤다. 내 방과 내 책상이 생기다니. 열심히 공부해서 가난을 벗어나야겠단 다짐은 아마 그때부터 불거졌는지도 모르겠다.

시간은 흘렀고, 2012년 런던 올림픽. 아버지는 췌장암 투병 중이었고, 런던 올림픽을 마지막으로 함께 보고 세상과 작별을 하셨다. 우리나라 성적은 5위. 아버지와 처음 함께 본 서울 올림픽 때의 성적과 대등했다. 세상은 천지개벽할 만큼 변했는데, 호성적을 유지한 우리나라가 자랑스럽게 느껴지기도 했다.

세계 1위가 된다는 건 어떤 기분일까. 시상대 위에 우뚝 서서 태극기를 바라보며 나의 조국, 우리의 애국가를 들으면 어떤 생각이 들까. 한 갑절을 돌며 12년이 지난 오늘, 파리 올림픽을 보며 문득 그런 생각이 들었더랬다.

당장 어제 먹은 저녁도 기억나지 않지만, 40여 년을 함께 한 올림픽은 나에게 많은 것을 말해준다. 서울 올림픽 때는 가족과 이웃들 품에서의 따뜻한 온기가 느껴져서 기뻤고, 런던 올림픽 때는 아버지를 곧 잃게 된다는 사실에 무척이나 슬펐다. 기쁨이 슬픔에게 닿는 시간은 그렇게나 짧았다.

그래도 이번 파리 올림픽을 보며 다시 한번 환호할 수 있게 됐다. 선수들의 땀방울과 눈물을 통해 나의 지나온 시간도 함께 기억할 수 있었기 때문이다. 이번 올림픽 메달에는 파리의 상징인 에펠탑을 개보수하여 생겨난 고철을 중앙에 박아 넣었다고 한다. 메달을 받는 선수 모두가 에펠탑을 소유하게 된 셈이다.

내가 서울 올림픽을 생각하듯, 에펠탑을 품은 선수들과 그 선수들을 응원하는 모두에게 이번 올림픽이 삶의 멋진 한 챕터로 기억되길, 두 손 모아 바란다.

오 샹젤리제(Les Champs-Élysées)

프랑스 파리의 샹젤리제 거리. 세계적으로 유명한 샹송 〈오 샹젤리제(Les Champs-Élysées)〉의 배경이기도 한 곳. 과거 출장을 갔다가 머리를 식히러 잠시 산책했던 기억이 있다.

이 거리는 프랑스 대혁명 시기에 루이 16세와 마리 앙투아네트가 처형 되었던 콩코르드 광장에서 시작해 나폴레옹의 개선문까지 이어지는데, 거리 곳곳이 화려하고 웅장한 건축물들로 가득 차 있다.

특히 로드바이크를 좋아하는 사람들에게는 그야말로 성지. 자전거 3대 그랑 투르 중 하나인 〈투르 드 프랑스〉는 항상 이곳에서 끝이 난다. 프랑스 전역을 돌고 돌다가 마지막 스테이지의 중반쯤 되면 파리에 도착해 샹젤리제 거리를 포함한 파리 시내를 몇 바퀴 도는데, 샹젤리제의 직선 도로에서 스프린터들의 치열한 스프린트 경쟁을 유도하며 막을 내리는 것이다.

얼마 전 유명을 달리한 '세기의 미남' 알랭 드롱이 사랑했던 거리이기도 하다. 영화 〈태양은 가득히〉에서 보여준 그의 반항아적 모습과 미소는 전 세계 모든 여성을 홀리기도 했다. 에펠탑, 루브르, 베르사유 궁전, 몽마르트르 언덕, 센강 등 프랑스의 유명 명소를 모두 둘러보았지만, 유독 이 거리가 생각나는 이유는 당시 출장지에 챙겨갔던 소설책 〈미비포 유(Me before you)〉 때문일지도 모르겠다. 전신 불구가 된 한 재벌가 남성과 그를 간병하는 철부지 젊은 여성의 이야기.

남성은 결국 안락사를 택해 세상과 작별한 뒤 사랑했던 여성 간병인에게 편지 한 장과 거액의 유산을 남긴다. 편지 겉봉투에는 꼭 센강이 내려다보이는 프랑스 파리의 어느 카페에서 읽어달라는 메모가 쓰여 있었다.

당신은 내 심장에 깊이 새겨져 있어요.
처음 걸어 들어온 그날부터 그랬어요.
그 웃기는 옷들과 거지 같은 농담들과

감정이라고는 하나도 숨길 줄 모르는 그 한심함까지.

이 돈이 당신 인생을 아무리 바꾸어놓더라도,

내 인생은 당신으로 인해 훨씬 더 많이

바뀌었다는 걸 잊지 말아요.

내 생각은 너무 자주 하지 말아요.

당신이 감상에 빠져 질질 짜는 건 생각하기 싫어요.

그냥 잘 살아요. 사랑을 담아서, 윌.

나는 평화롭거나 행복한 감정이 들면 그리운 이들에게 미안해지는 기분이 들 때가 더러 있다. 이 좋은 감정이 모두 내 것인지, 하는 미련한 생각에. 소설 속 윌이 간병인 클라크를 바라보는 마음과 크게 다르진 않을 것만 같다.

어제저녁까지 서로를 모르던 두 사람이 오늘 아침 거리에서는 긴 밤 동안 서로에게 푹 빠진 연인이 되어있다. 에뜨왈 광장에서 콩코르드 광장까지, 관현악의 많은 악기와 이른 아침의 모든 새들이 사랑을 노래한다. 내가 탐닉했던 샹젤리제 거리의 풍경이다.

가히 이 거리를 걷는 당신에게 이 계절의 찬미가 가득하기를. 혼자서 여름을 앓던 내 안에서, 오늘 그곳이 문득 생각났다.

글 안에서 현실은 편집된다

"최선을 다할게"라며 나는 언제나 다짐했었다. 일본인들이 입에 달고 사는 '열심히 하겠다'라는 '잇쇼켄메이'(一生懸命), 즉 '목숨 걸고 하겠다'란 의미와도 같다. 그러다 뜻밖의 결과를 얻기도 하고, 때로는 실패의 쓴맛을 맛보기도 한다.

요즘 책 원고를 써 내려가며 최선을 다해도 안 되는 듯한 이상한 느낌을 자주 받곤 한다. 임계에 다다랐는지, 내 능력의 한계인지, 몇 번이나 썼다 지우기를 반복하는지도 모르겠다. 원고 날짜가 다가온 마냥, 혼자 그렇게 머리를 쥐어뜯으며 스트레스에 시달린다.

뭐가 문제일까. 매번 혼자 생각하고 혼자 시름 하니 원인을 알 길이 없었다. 그래서 며칠 전 서울의 한 방송국에서 아나운서 일을 하고 계시는 과거 직장 여선배께 전화를 드렸다. 책도 많이 쓰시고, 스피치 강연도 겸하고 계셔서 내게는 멘토 같은 분이다.

얼큰하게 취한 나는 밤늦은 시간에 선배한테 넋두리를 한참이나 늘여놓았다. 선배는 그걸 또 다 받아주신다. 그리고 요즘 내가 쓰고 있는 원고를 메일로 한번 보내달라고 하신다. 내 글의 느낌을 알고 계시니 과거와 지금을 한번 비교해 보겠다며.

그리고 며칠 뒤 다시 통화를 하게 됐다. 필력이 더 원숙해졌다며. 글의 기교가 확연히 성장 된 모습이라며. 듣기 좋으라고 해주시는 말이라고 생각했는데 마지막에 이런 조언까지 덧붙여 주신다.

"기현아, 너의 글을 써. 네가 매번 너보다 나은 사람들만 쳐다보니까 너 스스로 너 글을 폄훼하는 건 아닌지 생각해봐. 내가 봤을 땐 너 정말 글재주 있어. 그러니까 남이랑 비교선상에 서 있지 말고 너만의 언어로 너의 글을 써. 다음 책은 꼭 베스트셀러가 되길 응원할게. 화이팅이다!!"

그렇게 방송 들어가야 한다며 다급히 전화를 끊었다. 뭉클했다. 한 번도 들어보지 못한 말들이었다. 나의 글을 쓴다는 게 무슨 의미인지도 그간 한 번도 생각해보지 못했던 것 같다. 그저 기계처럼 남의 시선을 의식해 잘 쓰려고만 노력한 건 아닌가 싶어졌다.

과거 언론사 시절 해외증권 연구원으로 발령받아 일하던 시기가 있었다. 그때 나는 새해 특별 보고서로 'R(Recession)의 공포'가 다가올 거라는 우려 섞인 기사를 쓴 적이 있다. 경제학 서적을 뒤적이고, 해외 증시 보고서들을 참고해 경기 대침체가 발생할 거라는 내용이었다. 그리고 새해에 나는 회장님 표창을 받았더랬다. 그때부터였는지도 모르겠다. 글의 거만함이 엄습하기 시작한 지점.

글이란 게 그렇다. 사람마다 주관적인 시선으로 바라보기 때문에 정답을 찾기가 어렵다. 박완서 작가님이나 김훈 작가님의 글도 때론 호불호가 갈리기도 하니 말이다.

지금 같은 과도기에는 어떤 객관적 지표가 요원해진다. 그래서 나는 몇 달 전 '토익'과 '토익스피킹' 시험을 봤더랬다. 대학생들 틈에 껴 모자를 푹 눌러쓰고 '아재'티를 내지 않기 위해 여간 애쓰지 않을 수 없었다. 결과는 토익은 700점대 턱걸이. 토익스피킹은 상위 두 번째 클래스였다. 10년 전 즈음 전국에 만점자가 10명 미만으로 나올 시기에 2번이나 만점을 받았다고 너스레를 떨며 다니던 수준이 이렇게까지 퇴보를 한 거다. 이젠 어디 가서 영어를 논하기에도 부끄러워졌다. 객관적 지표가 잘 말해준다.

글쓰기에도 이런 지표가 있다면 나는 아마 민낯이 다 드러날지도 모를 일이다. 천만다행이 아닐 수 없다. 어느 교수님께서 이런 말씀을 하셨다. "글 안에서 현실은 편집된다. 제 눈에 어떤 것이 진짜 현실인지, 그중 어떤 장면이 쓸만하다고 생각하는지 판단하는 과정에는 주관이 작용한다. 자신이 세계의 어디에 위치해 있는지, 제 글이 세계를 어디로 이끄는지 모른다면 열심히 쓸수록 위험하다."

배설과 섹스는 가려진 곳에서 할 때 각각의 의미와 가치를 가진다고도 했다. 나는 어쩌면 글도 그와 궤를 같이하는 듯한 착각 속에 살아온지도 모르겠다. 이젠 수면위로 나올 때다. 향유하며 배우며, 장강의 뒷물이 앞 물을 밀어내듯, 그렇게 다시 한번 '글담'을 차분히 쌓아 올려 보는 거다.

어느 사찰에서의 특별한 하루

며칠 전 서울에서 알고 지내던 친한 선배가 "야 임기헌~ 너 나랑 사찰에 하루 가서 잘래?"하며 연락이 왔다. 지난번 내가 사는 안동에 와서 하루 신세 진 것도 있고, 내가 가끔 사찰에 가는 걸 어떻게 알았는지 같이 가서 하루 쉬고 오자는 거였다.

사찰이 펜션도 아니고 쉽게 가서 잘 수 있냐고 물으니 사회부 취재기자 시절에 연을 맺었던 스님하고 친분이 있다고 했다. 그럼 선배 남편분하고 가시지, 했더니 평일에 근처 행사가 있어서 겸사겸사 하루 전날 미리 가서 사찰서 묵을 예정이라고. 나는 그럼 대신 조건이 있다고 했다. "선배, 나 덮치지 마셈!" 하며. 바로 아리따운 여성 입에서 나오기 힘든 욕 세례를 듣고 그렇게 사찰로 가게 됐다.

산 중턱에 위치한 작은 사찰이었다. 고요하고 스산했다. 도착해서 주지 스님께 인사를 드리고, 꽃잎이 떠 있는 차 한 잔을 같이하며 스님들과 담소를 나눴다. 선배는 역시, 프리랜서 아나운서로 직업을 바꾸더니 입담 하나하나가 구수했다. 속세를 떠난 스님들도 다시 속세로 불러들일 것만 같은 언어의 향변이 이어졌다. 나는 스님들과 사진도 남기고 싶고 풍경도 찍고 싶은데, 선배가 찍는 건 좋은데 SNS에는 가급적 올리지 말라며 당부했다. 못내 아쉽긴 했다.

이후 선배와 나는 스님들이 묵으시는 방과 동떨어진 작은 공간으로 이동했다. 사찰에서 입는 진회색의 옷가지들도 준비되어 있었다. 대강 옷을 갈아입고 선배와 나는 수양을 하듯 사찰을 찬찬히 한 바퀴 돌았다. 좋았다. 선배 덕에 불현듯 이런 특별한 하루를 맞이할 수 있다니, 감출 수 없는 미소가 돌았다.

방으로 돌아온 나는 이런 분위기에 술이 영 아쉽게 느껴졌다. 그 찰나에 선배가 웬 텀블러를 꺼내더니 집에 있는 양주 한 병을 타왔다고 한다. "여기서 이거 마셔도 돼요??"하고 묻자 물론 몰래 마셔야 한다고 한다. 역시나 거침이 없는 선배다. 미모(?)와 행동이 첨예하게 따로 노는 여자는 살아오며 이 선배밖엔 본 적이 없는 것 같다. 그렇게 우리는 방에 숨어 앉아 찻잔에 양주를 부어 꿀꺽꿀꺽 마셨더랬다. 형언할 수 없는 묘한 기분과 기쁨이 온 머릿속을 수놓았다. 이 우주 속 낯선 숲속의 사찰에서, 내가 제일 존경하고 동경하는 선배와 찰나의 순간을 함께하고 있다니.

선배는 묻는다. 요즘은 사는 게 좀 어떠냐고… 나는 답한다. 선배랑 있으니 문득 이런 생각이 든다고. 매일매일 똑같은 하루가 너무 지겨운데, 오늘 같은 특별한 하루들이 기억이 난다고. 나는 이야기들을 이어갔다.

"예전에 국무총리께서 기자들을 총리 공관에 초대해주셔서 안동 촌놈인 내가 삼청동 공관에 가서 식사를 다 해봤지 뭐예요. 그리고 회사 생활 때 유럽상공회의소와 우리나라 대표 회계법인들하고 공동주최로 포럼을 했었는데, 끝나고 논현동의 한 한정식집에서 뒤풀이했었어요. 근데 그 자리에서 제일 고생했다며 실무자인 저한테 첫 건배사를 해보라는 거에요. 의장님도 계시고 국회의원도 계시고 했는데, 생각지도 못해서 어찌나 창피했는지, 할 말이 안 떠올라서 '우리의 미래를 위해?' 그리고 건배했더랬죠. 하하~ 또, 사내 아나운서들과 연말 크리스마스 축제 무대에서 꼴값도 떨어보고, TV에서만 보던 유명 연예인과 같이 식사도 해보고, 이런 기억들이 참 특별했던 것 같아요."

쭉 나열하다 보니 '나도 참 특별한 하루들이 많았네', 하는 생각이 들었다. 기억이 다채롭다는 건 어떤 의미일까. 이 세상 소풍 끝내는 날, 주인 잘못 만난 내 삶에 작은 위안은 줄 수 있을까?

얘기를 한참 듣고 있던 선배는 나한테 다시 재혼하라고 조언해 준다. 사랑은 사람을 숨 쉬게 한다며, 멋진 명언도 곁들여 준다. 나는 중간에 선배 말을 끊고 깜빡이도 없이 끼어들었다.

"선배 같으면 시장에서 돈가스나 튀기는 나 같은 돌싱남 만나고 싶어요? 그것도 그렇고, 저는 이 세상에 선배 같은 여자 한 명만 더 있으면 그 사람과 주저 없이 하려고요."

선배 입에선 앞서 말한 욕보다 더 거친 언어의 메아리가 이어졌다.

"나는 선배가 좋아요. 같이 있으면 든든하고 따뜻해지는 것 같아요."

"너 또 맛탱이 갔네! 잠이나 자자~"

그렇게 우리의 밤은 깊어갔고, 이른 아침 스님의 마당 비질 소리에 잠에서 깼다. 그만 일어나라는 신호(?) 같은 무언의 빗소리였다. 일어나서 짐을 꾸린 우리는 사찰밥을 정성껏 준비해주신 스님들의 호의에 쓰라린 속을 부여잡고 아침을 먹은 뒤 정중히 감사의 인사를 드리고 사찰을 나섰다. 건조한 일상에 불현듯 찾아온 꿈만 같았던 하루의 속삭임은 그렇게 막을 내렸다.

매일이 특별할 필요는 없을 것 같다. 그러면 그 특별함도 평범해져 버릴 테니 말이다. 다만 가끔 찾아오는 특별함은 남루한 삶에 분명 큰 위로가 되는 것만 같다. 선배랑 보낸 사찰에서의 귀한 하룻밤, 내 생애 특별한 순간이 하나 더 늘게 된 셈이다.

상처입은 사슴이 가장 높이 뛴다

요리라곤 라면과 김치찌개 정도밖에 할 줄 몰랐던 내가 돈가스 가게를 운영한 지도 햇수로 5년 차가 넘어가고 있다. 대책 없이 회사를 그만두고 애초에 식당을 계획한 건 아니었지만, 아는 주방장님과 친분을 맺으며 요식업의 세계로 발을 디디게 된 것이다.

재미있었다. 양파를 써는 속도도 제법 빨라지고, 레시피 없이 간을 맞추는 솜씨도 해가 갈수록 나아지고 있다는 느낌이 들었다. 수제 돈가스 전문점이라는 타이틀을 내걸고 시작한 장사는 나름 입소문을 타고 정착해나가기 시작했고, 나는 급기야 겁도 없이 분점을 하나 더 내기도 했다.

생채기는 거기서부터 시작됐다. 직원을 고용하고 맡겨놓

으면 어떻게든 돌아가겠지, 하는 안일한 생각이 화를 부른 것이다. 때마침 코로나 전염병이 창궐했고, 두 가게의 매출은 하루아침에 적자로 돌아섰다. 막막했다. 그 시기였다. 배달을 시작해야겠다고 생각했던 시점.

부랴부랴 나는 '배달의 민족'이라는 우리나라 굴지의 배달 플랫폼에 입점해 배달을 시작하기로 했다. 웬걸, 코로나 시국에 맞물려서인지 배달 시장이 이렇게나 호황일 줄은 상상치 못했다. 적자로 돌아섰던 매출은 다시 이익이 나기 시작했고, 가게들은 다시 정상을 찾아가고 있었다.

그렇게 시간은 무던히 흘러갔고, 나는 낮에는 일하며 밤에는 글을 쓰는 삶을 반복하고 있었다.

두 번째 생채기는 그즈음 이였다. '배달의 민족'이라는 어플을 이용해 배달업을 주로 하다 보니 손님들의 별점과 평가가 가게의 존폐를 좌지우지하는 듯한 느낌을 받기 시작한 것이다. 나는 '죄송' 앵무새가 된 마냥 항상 손님들한테 "죄송하다"라는 말을 반복적으로 하고 있었다. 음식이 일찍 도착해도 죄송하고, 1분만 늦어도 죄송한 것이다. 배달대행기사분들이 바쁘게 움직이다 보니 음식이 헝클어져 있어도 그 책임은 내 몫이다. 벨을 누르지 말고 문 앞에 그냥 두고 가라고 요청했는데, 기사 분들이 모르고 벨을 누르게 되면 욕 세례는 우리 가게의 별점과 리뷰로 돌아오게 된다.

그렇게 '죄송' 앵무새가 된 채 3년여의 세월이 흘렀다. 나는 도대체 언제까지 죄송해야 할지 하는 번민과 함께. 그러다 난생처음으로 가게에서 운영하는 SNS를 통해 '고객님께 드리는 글'이라는 명목으로 글을 공지했다. '죄송' 앵무새를 벗어나기 위한 나름의 발버둥이기도 했다.

다음은 글의 전문이다.

안녕하세요, 안동이라는 자그마한 도시에서 <봉식당>이라는 수제 돈가스 식당을 운영하는 임기헌 이라고 합니다. 다름이 아니옵고, 저희 가게는 홀 규모가 작다 보니 '배달의 민족'이라는 플랫폼을 이용해 배달업을 위주로 하고 있는데요. 이 플랫폼을 수년간 이용하다 보니 미처 생각지도 못한 다양한 고객님들을 마주할 수 있는 것 같아요. 저희 봉식당의 경우에도 타 가게들과 마찬가지로 이따금 별점 테러를 당하기도 하고, 때로는 전화하셔서 다짜고짜 다그치는 분도 종종 겪어볼 수 있는데요.

가령, 연이어 배달시켜 드심에도 불구하고 아무 이유 없이 계속해서 별점을 낮게 주시는 분도 계시고요, 너무 맛있었다는 리뷰를 달아주시고는 별점은 최하점인 1점을 주는 분도 계세요. 때로는 배달이 예상치 못하게 너무 빨리 왔다며 별점 한 개를 뺀다는 친절한 분(?)도 계셨고요.

저희 봉식당 뿐만이 아니라 아마도 코로나 시국을 겪으며 대부분 자영업자분은 울며 겨자 먹기식으로 <배달의 민족>을 이용하고 있을 거예요. 그런데 이 플랫폼 자체가 고객 기반이라 자영업자들은 자연스럽게 '을'이 되는 것 같습니다. 고객들에게 별점과 리뷰라는 지나치게 강력한 무기를 쥐어 준 셈이 된 거죠. 자영업자들은 방어할 어떠한 수단도 없게 되고요.

여기서 문제가 생기는데요. 앞서 말씀드렸다시피 장난을 치시는 분들이 많다는 거예요. 저희 자영업자는 어떠한 방어 수단도 없어서 고객님들께서 휘두르는 무기에 그대로 노출이 되어있어요. 굳이 급소를 가격하지 않더라도, 아무렇게나 휘둘러도 자영업자들은 큰 타격을 입게 되는 구조인 거죠.

분명 따뜻한 고객님들도 많이 계세요. 밥이 설익었다고 연락이 오셔서는, "사장님!! 밥이 조금 덜 익은 거 같은데, 다른 손님한테도 그대로 나갈까 봐 걱정이 돼서 전화를 드려요!!" 하면서 말이죠.

제가 절대적인 어떤 기준을 말씀드리는 건 아니에요. 제가 뭐라고 말이죠. 귀한 시간에 소중한 밥 한 끼를 드시는데, 저의 귀책이 있다면 당연히 질타도 당해야 하겠죠.

그런데 아무 근거 없는 장난은 자제해주셨으면 좋겠다는 말씀을 정중히 드리고 싶습니다. 저는 젊은 날 언론사와 외국계 기업을 오가며 회사 생활만 하다가 불혹의 나이에 접어들며 고향으로 돌아와 난데없이 식당을 운영하고 있는데요. 그래도 저 같은 경우엔 아직 젊은 혈기에 버텨낸다지만, 하루하루 벌며 벼랑 끝에 서 있는 심정으로 영업하시는 나이 지긋한 분들이 많이 계세요. 어떠한 도움까지는 바라지도 않지만, 작은 배려 정도는 할 수 있다는 생각이 듭니다.

제가 좋아하는 작가 중에 에밀리 디킨슨이라고 있는데요, 그분의 시 중에 이런 대목이 있습니다. '상처 입은 사슴이 가장 높이 뛴다' 고객님들께서도 한 번쯤은 총 맞은 사슴의 처지를 상상해 보셨으면 좋겠습니다. 어쩌면 뛸 힘조차 상실해버린 사슴들을 말이죠.

마감 시간이 다 됐네요. 오늘도 저희 봉식당을 애용해주신 모든 고객님께 감사의 말씀을 전합니다. 마음을 담습니다.

소셜미디어에 올려놓은 위의 공지글에 동종업계 사장님들의 반응은 뜨거웠다. 자영업자들의 마음을 대변해줘서 고맙다는 메시지도 심심치 않게 받기도 했다.

뭐랄까. 고객들로부터 자비를 바라는 건 순전히 내 욕심인 걸까. 그 사람이 어떤 사람인지 알려면 권력을 줘보라 했는데, '별점'과 '리뷰'라는 권력을 오롯이 소비자에게만 줌으로써 결과는 어떻게 됐는가.

갑과 을의 균형을 맞추며 살아가는 일은 여간 쉽지 않다. 어떤 상처는 쉽게 아물지 않는 법이다.

'Will'을 너무 사랑하는 당신에게

며칠 전 영문으로 논문을 쓰고 있는 대학원 후배들 사이에 논쟁이 붙었다. 어떤 연구 결과물이 나왔는데, 그 결과물을 설명하는 과정에서 영어 표현으로 'will'이 맞는지, 'be going to'가 맞는지에 관한 내용이었다.

나는 예전부터 단순 언어인 영어에 이런 논쟁이 생긴다는 자체가 의아했다. 언어는 말 그대로 의사전달 용도일 뿐이다. 어떤 단어를 써도 그 의미만 곡해 없이 상대에게 전달되면 되는 것이다.

그런데 어릴 때부터 문법 위주의 학습을 기계처럼 익혀온 우리나라에서 접하는 영어는 전혀 다른 그 무언가가 되어버렸다. 의미는 둘째치고, 저마다의 정답을 찾으려 애쓴다. 어느샌가 영어가 정답이 정해져 있는 수학으로 둔갑해 버린 꼴이다.

우선 나는 그 논문에서 앞뒤 문맥상 정답은 'be going to'가 맞다고 했다. 'will'은 막연한 미래, 그러니까 아무 생각 없이 1초 뒤에 무얼 할 예정일 경우에 쓰는 게 맞다. "나 밥 먹을 거야, 나 빵 사러 갈 거야, 나 잘 거야" 등등 이런 뉘앙스를 가진다. 반면 'be going to'는 막연한 미래가 아닌, 이미 내가 어떤 과거 시점에서 예정해 두고 있던 생각을 나타낼 때 쓰곤 한다. "나 다음 주에 여행 가기로 했어, 나 일요일에 친구와 밥 먹으러 갈 거야" 등등에서 쓰일 수 있다.

덧붙여 사역동사인 'let'이나 동명사인 'ing', 그리고 미래완료시제인 'will have p.p' 등으로도 미래형 대화를 만들어 낼 수는 있다. 그런데 미래완료시제는 시험용이 아니라면 회화체에서 쓰는 경우는 극히 드물다. 나도 몇 년간의 외국 생활에서 쓴 적이 한 번도 없는 것 같다. 'let'이나 'ing' 형태는 허구한 날 쓰니 잘 알아두면 좋을 일이다.

다시 돌아와서 생각해 볼 문제는, 우리나라 사람들은 미래를 나타내는 영어 표현을 쓸 때면 'will'을 아무 의심 없이 너무 자주 쓴다는 것이다. 물론 써도 된다. 아무 때나 'will'을 쓴다 해도 못 알아들을 원어민은 아무도 없다. 선생님이

나 뉴스 앵커가 아닌 이상, 원어민들도 대강대강 쓴다. 미국 현지에서 원어민들과 생활을 해보면, 영어를 얼마나 대충 쓰는지 아마도 상상 이상일 것이다.

"I will love you for a thousand more(당신을 앞으로 천년 더 사랑할 거예요)." 여기 유명 할리우드 영화 속 한 노랫말이 있다. 여기서는 왜 'will'이 들어갔을까, 하고 호기심을 가지고 바라볼 필요가 있다. 'be going to'를 쓰면 안 될까?

정답은 없다. 써도 된다. 그런데 원어민 입장에서 들으면 영 어색하다. 상대를 과거부터 이미 만날 예상을 하고 사랑할 예정이 아니었고, 이 순간부터 사랑하겠다는 의지인데, 'be going to'를 써버리면 의미가 완전히 왜곡되어 버리기 때문이다. 그렇기 때문에 어떤 표현을 쓰더라도 앞뒤 문맥은 이해하고 있어야 한다는 것이다.

시대가 너무 발전해서 〈파파고〉나 〈챗GPT〉를 이용해도 외국 생활을 하는 데 아무 지장이 없는 세상이지만, 사람이 의도한 문맥과 감정까지 그 기계들이 번역을 해주진 못할 것이다. 영어를 하려는 목적은 분명 '의사소통'밖에는 없다. 그러니 공부하는 학생들도 정답을 찾으려 너무 스트레스받지 않았으면 좋겠다.

번외의 이야기로 토익 에피소드를 말해주고 싶다. 과거

토익시험 만점을 받았을 때 가채점을 해보니 200문제 중 문법 파트에서 딱 1문제를 틀렸던 기억이 있다. 토익은 독해 부분 지문이 워낙 방대해서 만점을 받으려면 문법 파트는 한 문제당 2초 안에 무조건 다 풀어야 한다. 그리고 100% 다 맞아야 독해 지문에서 한두 문제 실수해도 만점이 나온다. 듣기는 무조건 만점을 받아야 함은 물론이다.

그런데 그 틀린 문제가 뭐냐면, 전치사 for 뒤에 들어가는 인칭대명사 문제였다. 보기에는 he, him, his 같은 게 있었고, 나는 이게 너무 쉬워서 당연히 'him'인줄 알고 보너스 문제구나 했는데 보기 좋게 틀려버렸다. 정답은 'his' 였다. 여기서 문맥상 'his'가 '그의'란 뜻의 소유격으로 해석되는 게 아닌, '그의 것'이란 소유대명사로 해석되기 때문이었다. 앞뒤 문맥이 이토록 중요하다.

그래서 대화하든, 문법 공부를 하든, 앞뒤 문맥을 잘 보시라고 어쭙잖은 조언을 꼭 드리고 싶다.

뒷모습이 참 예뻤구나

춥지도 않은데 송골송골 맺힌 식은땀, 그리고 빨리빨리 매듭을 지으려는 조바심, 유난히 고된 하루였다. 밀려드는 음식 주문에 왠지 모를 짜증과 한숨이 반복되는 날이기도 했다. 마감이 얼마 남지 않은 책 원고에 대한 스트레스는 극에 달해가고, 뼈가 으스러진 발목은 한 달째 나을 낌새가 보이질 않는다.

밤 12시. 달 표면 고요의 바다처럼 숨소리조차 들리지 않는 재래시장의 한가운데. 어느덧 장막이 닫히고, 화려한 스포트라이트가 빛을 다하며 무대는 어둠 속으로 스며든다. 하루의 끝에서 모든 간판 불을 내리고, 나는 내 가게라는 무대를 뒤로한 채 장막 뒤로 사라진다.

언젠가 그런 생각을 했다. 함께 있을 때는 미처 몰랐던 생각. 뒷모습이 참 예뻤다는 걸, 가는 널 바라보며 그제야 알게 된 그 뒷모습. 불 꺼진 내 가게의 뒷모습도 오늘은 참 낯설게 느껴진다. 마치 늙고 병들어 생명력을 다해가는 것만 같은 진한 어둠이다.

'사라져버리는 것을 사랑하는 일은 얼마나 잔인하고 덧없는지. 사랑하기 때문에 사라지는 것인지, 사라지기 때문에 사랑하는 것인지…'

그제 서울의 한 후배 어머니가 돌아가셨다는 부고를 전해 들었다. 올해만 벌써 n번째 전해 듣는 부고 소식이다. 불과 5년 전만 해도 누군가의 죽음은 온 세상의 슬픔처럼 감정 이입이 됐지만, 지금은 소란하며 자연스런 일상의 하나즈음으로 취급되어 버린 기분이 든다.

그렇게도 멀게만 느껴졌던 죽음이 나의 곁에도 불과 몇 센티미터만을 남겨두고 다가오고 있음을 잘 알 수 있기 때문이다. 하루 사이로 반복되는 해질녘 노을과 동틀녘 노을의 간극은 몇 센티미터밖에 되지 않는 삶과 죽음 사이의 그 무엇과도 같음을 느낄 수도 있다.

내 생명이 다 하는 날, 나는 그토록 좋아하는 짜장면을 마지막으로 생각할 수 있을까. 누군가 커튼콜을 외치며 나의 마지막 무대를 바란다면, 나는 내 살아온 세상에 어떤 말을 남기면 좋을까. 아마도 미련이 남는듯한 앵콜이나 흔적을 남기려는 유서 따위는 없을 거다. 나는 그렇게 장막 뒤로 조용히 사라지며 붉은 노을 너머를 훨훨 날아가는 거다. 가서, 천상병 시인의 말대로 이 세상 조금은 아름다웠더라고 말하는 거다. 그러니 어떠한 그림자도 남기지 않고 그렇게 고요히 떠나는 거다.

'죽은 사람들 틈에서는 내가 제일 행복한 사람이길, 더불어 세상 살며 한 번도 느껴보지 못한 행복이 만개하는 기분을 그 틈에서는 만끽하길. 필연 그들이 사는 세상은 조금 더 계몽된 사회이길, 그리고 꽃향기도 가득하길.'

또각또각. 초속 5센티미터의 속도로 나는 오늘 하루의 끝을 향해 걸어 나간다.

파랑새 인터뷰

어떤 우연찮은 계기로 인연이 된 지역의 한 지인분과 긴 이야기를 나눌 기회가 있었다. 오랜 기간 타지에서 생활하시다가 안동으로 오셨는데, 지금은 시내 어귀에서 한옥스테이와 스웨덴풍의 공간대여 룸을 운영하고 계셨다.

삶의 궤적이 나와 닮은 부분이 많아서인지, 대화 속 인터뷰 같은 상황이 연출되며 이야기의 결도 모세혈관으로 퍼져나가듯 속도감 있게 진행이 됐다.

언론사 시절과 작가 활동을 하며 누군가를 인터뷰만 해봤지, 내가 인터뷰 대상이 되니 사뭇 기묘한 기분도 들었다. 뭐랄까, 산에 오를 땐 미처 보지 못한 꽃들을 내려오며 자세히 볼 수 있는 것처럼 그런 기분 같은 것이었다.

질문들을 얼마나 정교하게 준비하셨는지, 그간 굴절된 렌즈를 통해 바라보던 세상을 다시금 적확하게 복기해 볼 수 있었다. 너무 터부시했던 내 삶, 나라도 조금은 아껴줘야겠다는 교훈도 얻게 됐다.

인터뷰를 마무리하며 앞으로의 계획을 묻는 마지막 질문. 나는 이렇게 대답했다.

"이제 다시 재혼할 생각은 없어서 45살 즈음 지금 사는 아파트를 처분하고 그 돈으로 깡시골로 이사 가서 혼자 집 짓고 살 거예요. 강아지와 고양이도 키우고, 텃밭도 가꾸면서 글 쓰고 노래하며 살려고요. 그 생활을 유튜브로 찍어서 사람들과 영상으로도 많은 소통을 해보고 싶어요. 하하."

그렇게 인터뷰는 끝났고, 서로 술을 좋아해 근시일에 소주도 한잔하기로 했다. 뜻깊은 시간이었다. 서로의 유학 생활과 오랜 서울 생활도 공감할 수 있는 부분이 많은 터였다.

동화 〈파랑새〉에서 빛의 요정은 말한다. "세상에는 사람들이 생각하는 것보다 훨씬 많은 소박한 행복들이 있거든요. 하지만 대부분 사람은 그런 행복을 전혀 알아보지 못해요." 오늘 3시간 가까운 대화 속에서 나는 어쩌면 '파랑새'를 봤을지도 모르겠다. 고영민 시인의 말처럼, 봄이 온다는 것만으로 세상이 나아지고 있다는 생각도 든다.

몸속이 화심(花心)으로 가득 찬 기분

반찬거리를 사러 시장 마실을 배회했다. 언제나 그랬듯 시
장통은 어르신들로 붐볐고, 버스정류장 부근에서는 한 외국
인 커플이 당황한 모습으로 버스 시간표를 훑어보고 있었
다. 시간표는 빈틈없이 모두 한국어로 표기되어 있었고, 오
고 가는 버스를 한두 대씩 계속 놓쳐가며 그들은 갈 곳을
잃은 듯했다.

　'도와줘야 하나…' 어디 나서기를 참 싫어하는 나는 한참
이나 이런 생각이 들었다. 고민이 들면서도 '누군가 도와주
겠지 뭐!'하며 그냥 지나쳐 갔더랬다. 그런데 주변엔 어르신
들 뿐이 보이질 않아 할 수 없이 발길을 돌려 그들에게 다시
다가갔다. 그리고 영어로 말을 걸었다.

"혹시 영어 할 줄 아세요? 뭐 좀 도와드릴까요?"

"네. 저희 봉정사라는 사찰을 가려고 하는데, 버스를 못 찾겠어요."

"네, 잠시만요. (나는 봉정사로 가는 버스 번호를 확인한 뒤) 00 번 타시면 되세요. 그리고 요금은 아마 2,000원 정도 될 거예요. 기사분께 2,000원 먼저 드리고, 금액이 남으면 알아서 돌려주실 거예요."

"감사합니다."

"네, 근데 어디서 오셨어요?"

"영국에서요. 한국에 여행을 왔는데, 한국적인 곳을 와보고 싶어서 이곳에 오게 됐어요."

"그러시군요. 저도 과거에 영국 런던에 두 번 정도 여행을 갔었어요. 국회의사당(빅벤)도 갔었고, 타워브릿지도 갔었더랍니다. 멋진 나라에서 오셨네요."

"아! 영광이네요. 번역기도 안 먹히고 물어볼 곳도 없어서 너무 힘들었는데 도와주셔서 감사해요."

"네. (하하) 그럼 즐거운 여행 되시고요. 시간표 보니 버스는 곧 도착할 거예요."

그렇게 간단한 대화를 나누고 우리는 헤어졌다. 돌아오는 길에 뭔가 뿌듯한(?) 괜한 성취감 같은 것이 들었다. 정말 아무것도 아닌데, 그 이방인들에게는 훗날 한국의 기억 속에 이 짧은 장면이 떠오를지도 모를 일이다.

나도 그랬던 것 같다. 에펠탑, 콜로세움, 루브르 박물관, 교황청, 도쿄 타워 같은 세계적인 명소가 생각나는 것이 아니라 그 나라 사람들의 친절한 미소가 기억에 더 각인되어 있기 때문이다.

호주에서 대학교에 다닐 때 하굣길 버스 안에서 깜빡 잠이 들어 내릴 곳을 지나친 적이 있었다. 한참이나 떨어진 정류소에서 내린 나는 어찌나 당황했는지 모르겠다. 그때 알프스 소녀처럼 화사한 교복을 입은 한 현지 여고생이 나에게 다가와 사는 곳 주소가 어디냐며 물어왔다. 그러더니 본인 가방에서 책 모퉁이를 찢어 상세하게 가는 방법을 적어 줬다. 20년 가까이 된 그 쪽지를 여전히 보관하고 있는 나는, 무엇보다도 그 소녀의 미소가 아늑하게 기억이 난다.

'비루한 내가 할 수 있는 일이 아직 있을까?' 하며 골몰하던 나는, 오늘만큼은 하나의 일을 해낸 셈이 됐다. 마치 20년 전 호주의 그 소녀가 된 거다. 몸속이 꽃으로 가득 찬 듯, 풍족한 기분이 든다.

을지로 골뱅이 집이 그립다

야심한 시간에 서울의 한 후배가 보내온 사진 한 장. 충무로를 지나다가 내가 다니던 언론사 본사 사옥을 보고 내 생각이 났다며. 내 젊음의 한 축을 견인해줬던 건물과 풍경들이 설익다. 뒤로는 남산이 자리 잡고 있고, 10분 거리엔 청계천이 흐르고 있었으니 풍수적으로도 얼마나 행운이었는지 모르겠다.

서류와 시험, 실무 면접을 통과하고 입사하기 위해 최종 면접을 봤던 제일 위층에 자리한 대강당. 당시 면접 중 지금까지도 기억에 남는 질문이 있다. 대원외고의 존폐에 관한 나의 생각이다. 같이 면접장에 들어갔던 아나운서 같은 여자애는 얼마나 답변을 잘하던지. 나는 어떤 답변을 구구절절 늘어놓았는지 지금은 생각조차 들질 않는다. 그래도 떡하니 합격했으니 무슨 말을 하긴 했던 모양이다.

처음엔 연예부에 배치가 되어 톱스타들을 지근거리에서 볼 수 있는 행운과 함께 신입 생활을 시작했고, 이후엔 해외 금융팀을 거쳐 언론사의 심장부라 할 수 있는 편집국 증권부로 발령받아 회사 생활을 본격적으로 시작하게 되었다.

"너는 머리 폼으로 들고 다니냐?" 하며 부장께 꾸중을 듣기도 하고, 취재원과 낮술을 얼큰하게 마시고 휴게실 틈에서 3시간이나 잠들어버려 날 찾느라고 부서 전체가 난리 난 기억도 선명하다.

회사 연말 파티에서는 부서 대표로 가요제에 나가서 수백 명 가까이 되는 전직원들 앞에서 노래를 불러보는 희귀한 경험도 했더랬다. 타 계열사의 아나운서, 기상캐스터들과 무대에서 자웅을 겨루게 됐는데, 세상 온갖 창피함은 그날 다 당하는 기분이 들었다. 사회를 본 개그맨 박수홍 씨도 내가 안타까워 보였는지 어깨를 토닥여 주기도.

10년 가까운 회사 생활 동안 국회의원, 장관, 대기업 임원분들과 두루 교류하며 나는 '그들만의 리그'를 회사 덕분에 탐닉할 수 있었다. 그들의 생각과 언변, 손짓까지도 배우려 항상 메모하고 기억했더랬다. 나 까짓게 살아남으려면 그것

뿐이었음을 잘 알고 있었기 때문이다.

그 시간 동안 얼마나 성장한 줄은 모르겠다. 엘리트들이 너무 많아서, 가끔은 나도 엘리트인지 하는 착각 속에 지낸 거 같기도 하다. 성장인지, 패착인지, 이 또한 모르겠다. 회사 명함과 사원증을 걸치고 서울과 세계 곳곳을 누비던 그 시절의 영광이 가끔은 아른거린다. 그립지는 않다. 나는 판검사가 됐든, 일류기업 팀장이 됐든, 어느 정도 임계의 시간이 다다랐을 땐 서울 생활을 그만둘 작정이었기 때문이다.

어느 한곳에 정착하는 것만큼 따분한 일이 없다. 적어도 나에게는. 짧게 머물렀다 가야만 하는 이 한 세상에 할 것과 가봐야 할 곳이 얼마나 많은데, 아둔하게 한 곳에만 머물 텐가 말이다. 열심히 돈가스를 튀기고 있는 지금, 어느덧 임계의 시간이 또다시 다가오는 것만 같다. 지금, 이 순간도 훗날 영광스런 시간들로 남을 수 있을까.

나니아 연대기를 쓴 영국 작가 C.S.루이스는 '바다의 파도 끝에 물이 잠깐 멈추는 순간이 우리의 인생'이라고 했는데, 나는 이제서야 그 의미를 이해할 수 있게 됐다. 회사원들의 로망인 오늘 금요일, 퇴근 후 선후배들과 와자지껄 떠들며 한잔하던 을지로 골뱅이 집이 꽤나 그립다.

글을 쓰고 소를 키우며 마당을 가꾼다

가까운 미래에 집 지을 땅을 알아보고 다니다가 고향 선배가 짓고 있는 집터를 가보게 됐다. 이 선배도 가족들과 줄곧 아파트에 살다가 나처럼 집을 짓고 살고 싶은 로망이 있어서 나오게 됐는데, 생각을 행동으로 옮기는 터울이 나보다 몇 곱절은 빨라 보인다.

90% 정도 완공이 되어가는 집은 아담한 언덕 위에 자리 잡고 있었다. 마당에는 큰 팽나무가 자리하고 있었고, 나무 아래에는 다양한 용도로 쓰일 수 있는 아름드리 바위까지 들여다 놓았다. 선배가 보수 작업을 하는 동안 나는 바위 위에 잠시 누웠다. 잔잔한 바람이 불어왔고, 그 바람이 팽나무와 마주쳐 내는 소리는 자연과도 사뭇 닮은 듯했다. 바위

에 한참을 누워 생각했더랬다. "아~ 좋다!" 하며.

언제나 꿈꿔왔던 내 삶의 마지막 공간은 이곳과 맞닿아 있었다. 믿는 종교는 없지만, 기독교에서 말하는 '지금은 엘리야 때처럼' 하는 그런 영광의 시기를 마음속 깊은 곳에서부터 그려본다.

글을 쓰고 소를 키우며 마당을 가꾼다. 텃밭의 채소들이 자라면 지인들을 초대해 마당에서 계절마다 작은 파티를 연다. 지독히 외로울 때면 기타를 꺼내 외로움을 노래하는 것이다.

벌써 여름이 지나간다. 속도를 내야겠다. 52살에 돌아가신 할아버지, 56살에 돌아가신 아버지를 생각하면 내 유전자는 50대 어느 즈음에 그 생명력을 다할 것을 잘 알고 있기 때문이다. 그래도 한결 낫다. 러시아의 대문호 도스토옙스키는 사형 전 마지막 5분이 주어졌을 때 "후회할 시간도 부족하구나! 난 왜 그리 헛된 시간을 살았을까?"라고 절망했는데, 나는 후회할 시간이 10년 정도는 더 남아있으니 더할 나위 없으리라 여겨진다.

머리맡으로 가을을 시샘하는 여름 바람이 분다. 그 결이 참으로 곱다. 형수님이 내어준 메밀차의 찻잎이 살포시 내려 앉는다.

그러니 무슨 일이라도 일어나야

작년 제주도에 있는 IT 기업 본사 입사에 최종 탈락하면서 '내 역량은 여기까지구나!'라는 좌절을 맛본 뒤 이번에는 될까 싶어 대구 지역의 언론사에 또 이력서를 넣었다.

아무리 경력직이라지만 현직을 떠난 지도 오래됐고, 나이도 있어서 기대도 안 했던 이력서는 운 좋게도 무사통과가 됐다. 이후 찾아온 실무 면접과 임원면접. 준비한 ppt를 들고 오랜만에 정장을 꺼내 입은 뒤 대구를 찾았다. 입구에서부터 바삐 움직이는 사람들과 젊은 활력소 등이 옹골차게 느껴졌다.

그런데 왠지 모르게 기운이 빠졌다. 시선 너머로 보이는 모든 이가 젊게 보이는 거였다. 내가 그동안 이렇게 늙은 나이가 됐나, 싶은. 더불어 내가 이들 틈에서 이제 경쟁력이 있을까 싶은 생각도 덤으로 들었다. 지식은 빈약해지고, 배 불뚝이 아저씨가 다 됐으니 말이다.

그렇게 기가 반은 꺾인 채로 임원실에 다다랐다. 젊은 날 무수한 기업들 면접을 보러 다니던 그 느낌이 다시금 스멀스멀 올라왔다. 문 앞에서 내 순서를 기다리는 찰나의 순간에 느껴지는 긴장감은 더할 나위 없었다. 무대에서, 그리고 강의에서도 떨지 않던 내가 왜 그렇게 떨렸는지. 나는 준비한 ppt를 켜고 마이크를 들고 프레젠테이션을 시작했다. 그동안 기자로서의 경력과 이력 등을 차례로 설명한 뒤, 합격 시 이곳에서의 계획 등을 준비한 대로 말씀을 드렸다.

기억나는 것 중 하나는, 과거 국제 포럼 주최 경력을 되살려 대구 지역의 포럼과 세미나 등을 정례화해 지역 사업과 경제에 주춧돌 역할을 하고 싶다고 했다. 이른바 파수꾼 역할이다. 수도권보다 취약한 정보와 커뮤니티 형성을 당사인 언론사가 주최하여 가교 역할을 하는 거다.

또 하나는 정치부로 부서 배치를 받을 경우 홍준표 대구시장 취임 4주년 즈음 단독 인터뷰를 따오겠다고 어필했다 (메이저 언론사와의 인터뷰도 잘 하지 않는 홍 시장 인터뷰라니…?). 그렇다. 일단 면접이기 때문에 나도 막 지르고(?) 본 거다.

그분 성향을 잘 알기 때문에 나도 자신이 없다. 그래도 스타 정치인을 시장으로 둔 대구의 이점을 잘 살려 그분과 상조할 길을 찾아볼 필요는 있었다.

나머지는 기자로서의 역량과 필력 수준에 관한 질문이 오갔고, 나는 과거 경제 언론사에서의 경력을 반추해 적절하게 대답을 이어 나갔더랬다. 마지막은 연봉과 결혼 유무, 그리고 주거지 등에 관한 질문이 나왔다. 연봉은 이력서에 희망 연봉을 적긴 했는데, 조금 터무니없이 느껴지셨나 보다. 결혼은 이혼했다고 하니 이 또한 임원분들 얼굴에서 불편한 기색이 역력했다. 주거지는 근처에 작은 원룸을 구하겠다고 하니 불편한 기색이 확고해지는 분위기가 느껴졌다.

면접은 그렇게 끝이 났다. 그리고 며칠 뒤 담당 팀장께서 직접 전화가 왔다. 실무자급에서는 경력도 좋고 다 만족하는데, 임원분들 중에 조금 불편해하시는 분들이 계셨다고. 그래서 아쉽지만, 다음 기회에…. 끝! 탈락했다고 해서 별로 감흥도 없었다. 이미 대략 느낌이 왔기 때문이다. 마지막에 연봉과 그리고 이혼했다고 말하는 대목에서 분위기가 싸해졌음을 잘 인지하고 있었다.

평생 주홍글씨로 낙인찍힌 채 살아가야 하는 이혼 경력을 어찌할 도리가 없나 보다. 그래서 이럴 때면 전처에게 가끔은 더 미안한 마음이 든다. 내가 이런 기분을 느끼는데, 여전히 언론에서 방송활동을 하는 그 친구는 여자로서 어떨까 싶은. 후회라기보단 도의적 책임 같은 거다.

고향 안동으로 귀향할 때는 의기양양하게 돌아온 기분이 들었는데, 다시 떠나려니 이토록 힘에 겹다. 어제와 똑같은 하루에 길들여져있고, 풀뿌리 커뮤니티에 따라 계파가 갈리며, 보릿고개 시절 선대 어른들께 땅이나 부동산 한 필지씩쯤은 물려받아 먹고 살 걱정이 없는 대부분의 고향 사람들 틈에서 내가 설 자리는 점점 사그라드는 기분이 언젠가부터 들었다.

그래서 조금 더 다이나믹한 곳이었으면 좋겠다는 생각을 하게 됐다. 마음껏 경쟁하고 조금 더 배울 수 있는 곳이었으면, 하는. 잘못된 선택의 결과보다 더 슬픈 건 아무 일도 일어나지 않는 것이라고 했다. 그래서 지금까지의 내 선택들이 그렇게 슬프지만은 않다. 많은 일이 일어났기 때문이다.

또 한 꺼풀이 벗겨지고 갈피를 잃은 나는, 이제 또 어떡해야 할까 싶다. 어쩌면 아무 일도 일어나지 않을 것만 같은 슬픈 예감이 든다. 퇴근 후 돌아온 집안에는 적막이 흐르고 보지 않는 TV와 읽다 만 책들이 널브러져 있다. 휴대폰 벨소리는 울리지 않은 지 오래다.

나의 소개팅 이야기

나한테 웬…? 그렇게 소개팅이 들어왔다. 안동으로 귀향한 지 5년 차, 처음이었다. 젊은 날엔 그토록 잦았던, 그런데 이제는 낯설어 버린 '소개팅'이란 단어. 40대가 되어버린 나에게, 그리고 이혼남에겐 기적 같은 일이 아닐 수 없다.

나도 잘 알고 있다. 주위에 고향 친구들이 어떻게든 나를 새장가 보내려 노력하고 있다는걸. 그런데 잘 안된다는 거도 잘 알고 있다. 멀쩡한 여성이 나한테 올 리가 있겠나, 하는 것이다. 애초에 한번 갔다 왔다는 말을 듣고 그 자체로 만나기 싫은 것도 어쩌면 뻔한 거다.

그래서 나는 새로운 누군가를 만난다는 행위 자체가 이제는 경이롭게 느껴진다. 더군다나 한 다리 건너면 사돈에

팔촌까지 다 알 수 있는 작은 지역 사회에서 누군가를 만난다는 게 더 그러할지도 모르겠다.

어찌 됐건, 만난 상대는 교사였다. 다른 지역에서 교사 생활을 하다가 안동으로 발령받은. 나이는 나보다 두어레 어린 분이셨다. 만나서 별로 설명할 건 없었다. 나에 대해 주선자로부터 익히 들었을 테니…. 그렇게 우리는 만났다. 나는 대뜸 여쭸다.

“저 예약한 데도 없고, 그럴싸한 레스토랑도 이 지역엔 제가 아는 데가 없는데, 소주나 한잔?”

“네! 좋아요!”

다행이었다. ‘소개팅=압구정 파스타, 혹은 청담의 와인’에 길들어진 공식을 보기 좋게 허물어 버린 셈이다. 다행이다. 그렇게 우리는 막창집에 가서 이야기를 나눴다. 여자분은 나에 대해 속속들이 다 알고 계셨다. 다 들었다며. 그리고 인터넷도 검색을 해보고 쓴 기사들과 책도 봤다며.

“지금은 돈가스 장사하는데, 그것도 아시죠?”, “그럼요!” 하며 그분은 아무렇지 않듯 대답을 이어가신다. 아무렇지 않은 듯 보여 나는 그게 더 이상했다. 그 뒤로 ‘희희낙락’ 웃으며 우리는 서로를 탐닉했더랬다.

나는 취기가 올라 만취를 향해가고 있었다. 해서 술의 힘을 빌려 "제가 마음에 드셔요…?" 하며 처음 본 사람 앞에서 당돌한 질문을 던지게 됐다. 그런데 그녀는 그런다. "네!" 하며…. "비록 처음 뵀지만 기헌 씨의 어떤 척하지 않는 꾸밈없는 이런 모습이 참 좋아요." 하며 기분 좋은 말씀들을 덧붙인다. 소주는 주량을 넘어 5병째 비어내고 있었다.

재미있었다. 소개팅도, 멋쩍은 내 모습도, 비 오는 그날도, 죄다 낯설지 않다. 나도 어쩌면 매력적이고 좋은 사람을 여전히 만날 수 있을지도 모른다는 작은 희망에 그 의의를 두게 됐다. 해서 나랑 결실이 맺어지질 않더라도 그분의 삶이 언제나 싱그럽길, 하는 그런 마음이 들었다.

지금은 혼자가 참 좋은데, 모순적이게도 그분도 가슴이 설레일 만큼 참 좋았다. '그래도 지금은 혼자가 좋다'라는 말을 감히 전해드리고 싶다. 결국 그분이 너무 매력적이어서, 감히 내 처지에 할 말이 많지 않다는 얘기다. 상상치 못한 뜻깊은 하루에 만족할 뿐이다.

나 자신을 놀라게 할 일은 이제 내 인생에서 없을 줄 알았는데, 그분 앞에서 감정을 조절하는 내 모습을 보며 하수상케도 놀라고 말았다. 유난한 경험을 하되, 그 어떤 감정에도 가벼워지지 않아야겠다. 그토록 멋진 분 앞에서도 혼자이고 싶은 간교한 마음이 들었던 건 왜일까?

도쿄 쪽을 바라보며 걸었다

퇴근을 하고 집까지 걸어오다 보면 근사한 술집에서 술을 한잔하고 싶을 때가 있다. 상대가 있으면 더할 나위 없겠지만, 혼자 멋쩍게 먹는 모습도 자주 그려보는 요즘이다.

외국에서 생활할 때는 동네 펍에서 누군가의 시선도 아랑곳하지 않은 채 혼자 보지도 않는 책을 펴놓고 종종 그런 문화를 즐겼더랬다. 그러다 낯선 이와 동석을 하기도 하고, 이내 친구가 되기도 한다. 처음 보는 타인의 시선과 스킨쉽을 경멸하는 우리나라 문화와는 극명한 차이가 있어 보인다. 가끔 용기 내 마음에 드는 술집으로 들어가 맥주를 한잔 마실까, 하는 고민도 안 해본 건 아니다. 그런데 도저히 용기가 나질 않는다. 더군다나 작은 소도시에 살다 보니 혹시나 혼자 있는데 아는 사람이라도 만나면 어쩌지, 하는 난처함도 미리 생각케 된다. 밥은 혼자 잘 먹으러 다니건만, 술집까지는 아직 내공이 더 쌓여야 하는 모양이다.

언젠가 일본 도쿄에 여행을 갔을 때 도쿄 타워 근처 어딘가의 선술집에서 혼자 사케를 마신 기억이 있다. 일본어를 전혀 할 줄 모르던 나는 "아리가또 고자이마스."만 연발을 한 채, 작은 술집 안에서 일본 특유의 문화를 향유하고 있었다. 그러고 있는데 한 알바생이 자기가 한국어를 할 줄 안다며 말을 걸어왔다. 교포인데, 일본서 대학을 다니며 알바를 하고 있다고. 어찌나 반가웠는지. 혼자의 묘미는 이렇듯 길 위에서 발현이 되는 것만 같다.

찬란한 타인들과 술과 벚꽃, 그리고 매미들의 윤창이 그윽했던 도쿄의 밤 운무가 사려 깊어진다. 뚜벅이 걸음으로 한참이나 걸어 도착한 집에서 혼자 마시는 와인이 달다. 와인에 도쿄 한 스푼 넣은 기분이다. LP판에선 브루노 마스의 'When I was your man'이 반복해서 흘러나오고 있다. 그날, 도쿄의 신주쿠 거리에서 흘러나온 그 노래다.

나에게도 예쁜 딸아이가 있다면

작년에 아는 형님 딸아이 영어 공부를 몇 개월 봐준 적이 있다. 그때가 고2였으니 지금은 고3이 됐을 테고, 한창 수능 준비로 분주한 시기일 것 같다.

공부도 꽤 잘한 거로 기억한다. 전교 10등 안에 꾸준히 드는 수재라고 들었다. 외모도 눈에 띄게 예쁘게 생겨서 형님이 얼마나 애지중지하는지 한눈에 봐도 잘 느껴졌다.

그런 형님께서 며칠 전 연락이 왔다. 딸아이 영어 공부를 수능 전까지만 좀 봐달라고. 영어학원을 다니긴 하는데, 영어성적이 계속 제자리라고 한다. 그리고 딸아이가 작년에 그 삼촌(=나)이 재미있는 표현도 많이 알려주고, 알기 쉽게 알려줘서 요즘에도 한 번씩 얘기를 넌지시 던진다며….

'하하….' 웃음이 났다. 준비도 하나 없이 학교 교과서만 보면서 가르쳤던 기억뿐이 없는데, 나 같은 '돌팔이' 선생을 기억해주다니.

그래서 오늘 가게를 조금 일찍 마감하고 형님네 집으로 향했다. 한층 성숙해진 꼬마 아가씨가 문 앞에서 반갑게 맞이해줬고, 곧장 방으로 가서 이야기를 나눴다. 어디서부터 어떻게 시작할지, 수능이 얼마 안 남았으니 내가 주도하는 거보다 이 친구가 부족한 부분을 빠르게 채워나가는 게 중요할 거 같아 모의고사에서 어렵게 느껴지는 부분들을 상세하게 들어보기도 했다.

그래서 생각해낸 결론은, 우선 근 10년간 수능 영어 영역 시험지 전부를 가져와 시간을 재고 같이 풀어보기로 했다. 번역 스킬을 길러야 될 테고, 속도는 곱절로 더 낼 수 있어야 할 것 같았다. 가령 이런 거다. 몇 년 전 수능 지문에 배아줄기세포(embryonic stem cell) 관련된 내용의 문제가 등장했다. 그런데 보통 학생들은 이 생소한 단어 뜻을 알지 못해 거기서부터 당황하기 시작한다. 그러다 시간은 계속 흐르고 결국 시험을 망치는 경우가 허다하다.

번역 스킬은 여기서 나뉜다. 어떤 모르는 특정 단어를 붙잡고 늘어나면 안 된다. 계속 들여다봤자 어차피 모른다. 그

단어 뜻이 무엇인지는 앞뒤 문맥과 전체 맥락을 보고 추측해야 한다. '아! 배아의 발생 과정에서 뭔가를 추출하는 거니까 이건 줄기세포 같은 뜻이겠구나.' 하며 감각을 기르는 것이다.

학생 때 독서를 그토록 강요하는 이유도 여기에서 기인한다. 독서를 많이 한 학생은 아무리 긴 지문도 단번에 문맥 파악이 가능해진다. 수능 때마다 만점 받은 학생 인터뷰를 뉴스에서 접해보면 하나같이 공통분모가 있다. 1년에 책을 100권 이상은 읽는다는 것.

이 친구는 대학교 목표가 1차는 이화여대, 그게 안 되면 숙명여대나 동덕여대를 생각하고 있다고 한다. "이화여대 가려면 너 지금 학교에서 계속 전교 1등 해야 할 텐데." 했더니 발랄했던 애가 잠시 침묵한다. "뭐 정 안 되면 삼촌이 돈가스 튀기는 방법 알려줄게, 먹고사는 걱정은 하지 마!"하며 안심시키고 첫날은 마무리를 지었다.

방에서 나오자 형수님께서 저녁상을 한아름 차려 놓으셨다. 밥 먹고 가라며. "아 괜찮은데, 그럼 반주로다가 소주도 한잔 같이?" 그렇게 옹기종기 모여앉아 웃고 떠들며 나는 또 고주망태가 되어갔다.

'저런 놈을 믿고 영어 공부를 맡겨야 하나?' 하는 생각이 드실 때쯤 나는 자리에서 일어나 집을 나섰다. 수험생을 둔 부모 마음과 수능을 앞둔 학생의 마음을 잘 챙겨 담아.

이제 와 가당치도 않겠지만, 나도 살며 이런 가정이 있었다면 얼마나 좋았을까 하는 생각이 스쳐 지나갔다. 수능을 앞둔 딸아이와 보폭을 맞춰 함께 걸으며 지치지 않도록 응원을 하는 거다. 그리고 수능이 끝난 뒤 고생 정말 많았다며 꼭 끌어안아 주는 거다. 매 밤마다는 딸에게 굿나잇 키스를 전하기도 하며.

달빛이 진다. 어둠은 짙어졌다. 꿈에서 깬 나는 또 혼자 아무도 없는 집으로 터벅터벅 걸어간다. 마음을 들키지 않게, 더 당당하게 걸어야겠다.

지나간 건 향기롭다

근래 스트레스가 많이 쌓여 영화 한 편을 보면 조금 풀릴까 싶은 생각에 대낮에 혼자 영화관으로 향했다. 호기롭게 나서긴 했는데, 하필 골라도 광기 짙은 호러 영화를 고르는 바람에 영화가 끝난 후엔 더 어질어질한 기분이 들었다.

영화를 다 보고 나서는 근처에 있는 아는 동생과 저녁을 같이 하기로 했다. 약속 장소로 가는 길, 오랜만에 평일 퇴근 시간대에 밖을 나선 터라 그런지 낯설었다. 도로에 차들이 이렇게나 붐볐나 싶었다. 거리는 사람들로 넘실거린다.

약속 장소에 먼저 도착해 음식을 주문하고 동생을 기다리는 짧은 시간 속. 회사를 마치고 동기, 혹은 선후배들과 모여 여의도 포장마차에서 소주 한잔하던 그 시간이 그리움에 사무쳐 문득 떠오른다. 2차는 광화문 이순신 장군 동상이 내려다보이는 라이브 카페에 자주 갔었더랬지. 3차는 광장시장으로 옮겨 마약 김밥을 안주 삼아 막걸리를 안마실 수 없었고. 만취가 된 새벽에 여친에게 보내는 '자니?' 하는 문자는 반복되는 헤어짐의 단초가 되곤 했었지.

'지나간 건 향기롭다.'

현재를 사는 오늘은 맡지 못할 그 향은 언제나 과거로부터 불어온다. 봄이면 꽃향기와 뒤섞여 추억의 블랙홀이 되어 빨아들이기도 한다.

사랑인 줄 알았는데 부정맥이란 사실도 마흔이 훌쩍 넘어서야 알게 됐다. 긴 착각과 오해의 시간으로 얼룩진 상실의 시대를 살아간다는 건, 그래서 낯설다.

낯선 거리와 낯선 향, 낯선 오늘이 저문다. 막걸리 좋아하는 이치고 악한 심보 없다는데, 상실의 시대에도 그런 이들로 가득하길 바라야겠다.

시간 속 추억이 사그라들고 어느새 후배가 도착했다. 막걸리가 달다.

버티는 삶에 대하여

"수저 넣지 말라고 했는데 수저가 왔네요."

"죄송합니다."

"벨 누르지 말고 음식 문 앞에 그냥 두라고 했는데, 배달 기사분이 문을 두드렸어요."

"죄송합니다."

나는 오늘 하루도 '죄송' 앵무새가 된 채 가게 마감했다. 낮 12시 즈음엔 친구 놈이 오랜만에 전화가 왔다. 뭐하냐며. 주문도 밀리며 짜증이 쌓일 대로 쌓인 나는 퉁명스럽게 대답했다. 가게 하는 놈이 한참 점심시간 때 뭐하겠냐며. 그러곤 먼저 전화를 끊어버렸다.

한창 바쁜 점심시간이 지나고 잠깐 브레이크 타임 땐 서울의 한 대학원에서 박사 논문을 쓰는 선배의 부탁으로 경제학 관련한 논문 리포트를 함께 논의했다. 의견 절충이 쉽게 안 됐다. 그러다 단체주문이 들어오고, 선배와 설전을 벌이던 나는 짜증이 또 겹겹이 쌓이기 시작했다.

저녁이 됐다. 재료는 거의 다 떨어지고 일찍 마감하려는데 아이를 동반한 가족 손님이 오셨다. 한 시간가량 드시고, 그제야 자리를 뜨셨다. 테이블은 폭격을 맞은 듯 엉망이 됐다. 아이들이 먹다 흘린 이유식과 과자 부스러기들이 흥건했다. 바닥에 음료를 쏟는 건 이제 당연한 통과의례가 됐다. 아이어머니들은 언제나 그랬듯, 위풍당당하다.

밤 9시가 됐다. 마감하고 의자에 잠시 앉았다. 카톡이 울렸다. 가끔 영어 과외를 봐주는 고3 학생이다. 궁금한 건 메일로 보내라 했더니 급했던 모양인지 장문의 질문을 해왔다. 문장의 동사에서 뒤에 왜 'ing'가 붙는지 모르겠단다.

"선아야, 몇 번 설명해줬잖아. 미국인은 줄여 쓰는 걸 좋아한다고. 이 문장은 앞에 접속사+주어+동사가 다 생략된 분사야. 기억나지? 그니깐 이런 건 앞뒤 문맥 보고 알아채야 해. 너 수능이 코앞인데 이래서 원하는 대학에 가겠니?"

결국 하지 말아야 할 언어를 숨아내고 말았다. 바로 톡을 다시 보내 미안하다고, 집에 가서 쉽게 정리해서 메일로 보내주겠다고 했다.

할 말이 떠오르질 않는다. 이러면 안 되는 걸 잘 안다. 사람들 앞에서 퉁명스럽거나, 짜증을 낸다거나, 하면 안 된다는 걸. 그런데 오늘은 제어하기가 참 힘들었다. 한 끼도 먹지 못한 오늘이 질겅한 무언가로 가득 찬 기분이다. 온몸은 돈가스 냄새로 그윽하고, 종일 모자를 쓰고 있던 머리는 쉰 냄새가 날 지경이다.

운전도 하기 귀찮아서 골목길에 차를 대놓고 노래를 들으며 집까지 터벅터벅 걸었다. 곳곳에 보이는 밤의 길섶에는 손잡은 연인들, 식사하고 행복한 모습으로 식당을 나서는 가족들을 볼 수 있다. 그들에게선 내겐 없는 다정한 모습들이 엿보인다. 70세가 훌쩍 넘은 어느 노신사께서는 낭만을 이렇게 정의했다.

"친구들과 막걸릿집에서 독재 정권에 대해 울분을 토하고, 첫사랑에 실패해 가슴 아프고, 뭐 이런 게 낭만이라고 생각했거든요. 나이가 더 들어보니까 젊음이라는 자체가 몽땅 다 낭만이라는 생각이 들어요. 특정 시간, 기억에 남을 일들만이 아니고요. 아픔도 슬픔도 추억도 다 낭만인 거죠."

낭만에 대하여, 그리고 버티는 삶에 대하여, 걸으며 생각했더랬다. 긴 하루였다.

십 년이 지나도

밤 12시가 다 돼서 울리는 휴대폰 벨 소리. 집에서는 웬만하면 폰을 만지지 말아야겠다는 다짐에 폰은 항상 작은 방 모퉁이에 충전을 해둔다. 혹시라도 습관적으로 들여다볼까 싶어 애초에 멀리 두는 거다. 급한 용무는 전화 오겠지 뭐, 하는 생각으로….

좀처럼 울릴 일이 없는 벨 소리가 그날은 어찌나 반가웠는지, 나는 작은 방으로 뛰쳐가 폰을 집어 들었고, 화면에는 모르는 번호가 보였다. 속으로는 '여자면 좋겠는데…' 하는 본능이 꿈틀댔고 얼른 전화를 받았다. 웬걸, 여자다. 상대는 대뜸 '임기헌 폰 맞아요?' 하며 물어온다. 맞다고 하자 그제야 누구인지 밝힌다. 10년 전 즈음 서울에서 알고 지낸 두

살 터울의 누이였다.

반가웠다. 당시 이 누나는 한의사 준비를 하고 있었는데, 중국으로 유학을 가기 전에 영어(토익) 점수가 필요하다고 해 공부를 도와주면서 친하게 지내게 됐다. 어쩌다 보니 공부는 뒷전이 되고, 만나면 음주·가무를 즐기게 되는 탈선의 나날들도 많았던 걸로 기억이 난다. 같이 청계산도 자주 올랐고, 인천 앞바다에 바다낚시를 하러 갔다가 배 안에서 소주만 진탕 마시고 온 모습도 생생하게 떠오른다.

그런 누나가 어엿한 한의사가 됐다고 한다. 중국에서 돌아온 지는 2년 정도 됐다며. 그러더니 말 나온 김에 서울에 있으면 소주나 한잔하자며 10년 전의 어느 날처럼 스스럼없이 말을 건네온다. 달빛 너머로 들리는 누나의 목소리가 10년 전처럼 청아하다.

맞다. 누나는 아무것도 모르겠구나. 내가 회사를 그만두고 고향에 내려온 것도, 지금 돈가스 장사를 하는 것도, 새까맣게 모르겠구나. 누나한테는 대강의 상황을 설명하고, 내가 서울에 자주 가니까 조만간 만나서 밤새 술 한잔하자고 했다. 그리고 한 시간 정도 더 통화를 하고 끊었다.

"나 이제 침 맞을 걱정은 없겠네! 그것도 미녀 한의사한테…. 연락해줘서 고마워 누나! 조만간 봐!" 하는 인사를 건

네며….

　10년의 세월을 생각해본다. 10년 전 나는, 10년 뒤 지금의 내 모습을 상상이나 했을까. 갑자기 걸려 온 전화에도 우리는 왜 전혀 어색하지 않았을까. 하물며 나는 어떻게 10년 전 누나와 함께했던 작은 일상들까지 모두 기억하고 있는 걸까. 엄밀히 말하자면 누나가 중국으로 유학을 떠나고, 10년 사이 나는 한 번도 누나를 생각해본 적이 없었는데. 그런데도 함께한 모든 순간을 기억할 수 있다니.

　다른 사람들도 나와 같을까. 잊기 싫은 순간들이 우리가 모르는 내면에 가득한 걸까. 오랜 시간이 흐르며 잊혀졌다고 생각한 모든 기억의 조각들이 서로를 밀어붙여 수면위로 이끌어 내는 순간은 이렇게 불현듯 찾아오는 걸까.

　배를 만들고 싶다면 사람들을 모아 목재를 수집하고, 일을 분배하고, 명령을 내려서는 안 된다고 했다. 그들이 광활하고 끝없는 바다를 동경하도록 만들어야 한다고. 어쩌면 나는 기억의 파편을 모으기보다 동경하고 있었던 건 아닐까. 광활하고 끝없는 그 어딘가의 그것까지. 알 수 없는 슬픔으로 얼룩진 나의 불혹의 시간이 10년 뒤 지천명쯤엔 아름다움으로 기억되길, 바라마지 않아야겠다.

어느 카페에서, 비스듬히

가끔 혼자 카페에 들른다. 지저귀는 새들의 소리를 사람들의 나지막한 언어로 치환해 들을 수도 있고, 엉클어진 일상에서 커피 한잔으로 인해 '잠시 멈춤'의 묘를 느낄 수도 있기 때문이다.

오랜만에 찾은 카페는 낮부터 만석이다. 공부하는 학생들이 대부분 자리를 점령했고, 그들 테이블엔 전문 서적들이 한아름 쌓여 있다. 그들 틈에 껴 책을 펼치니 나도 대학생이 된 마냥 괜한 경쟁심이 솟구친다. 마치 내일이 기말고사가 시작되는 날인 것처럼.

그야말로 나 혼자 전성시대다. 혼밥부터 시작해 혼여행, 혼등산, 혼영화 등등 온 삶이 혼자가 아닌 경우가 드물어져

버렸다. 스스로 의도한 바는 아니지만, 사회 현상과 내 처지가 절묘하게 맞아떨어지는 바람에 나는 지금도 '혼삶'을 보내고 있다.

근래 사람들과의 갈등이 잦다. 제 주장에는 관대해지고, 정보 습득량이 무차별적으로 방대해지니 타인의 주장에는 의문이 달리고 쉽게 인정할 수 없어졌기 때문이다. 그러다 감정이 곁들여지고, 이내 제어할 수 없는 수준으로까지 이르기도 한다. 초심은 저만치 멀어져가고, 쉽게 관계의 마지막을 맞기도 한다.

멀쩡히 쓰던 단순하고 간편해진 연락의 장치(카톡, SNS)들을 지우거나 파괴하고, 우리는 '먼저 차단하는 사람이 이기는 것'이라고 여기는 듯 마지막 순간까지 스마트 기기를 통해 자존심 싸움을 벌이며 '손절할 준비'를 꾀하기도 한다.

사냥꾼과 약탈자, 지배층과 피지배층, 왕과 농민, 사랑하는 연인, 어머니와 아버지, 부패한 정치가들, 슈퍼스타, 목자와 순례자 등 인류의 역사에서 그 모든 것의 총합이 여기에, 이 햇빛 속에 떠도는 먼지와 같은 작은 천체 지구별에 살고 있다는 걸 생각하면, 영성적 충격이 느껴지기도 한다.

아무 갈등도 일어나지 않으려면 아무도 안 만나면 되는 단순한 해결책이 있는데, 그 옛날 우주를 좋아하던 친구로부터 받은 토성 모양의 생일 축하 카드를 보니 꼭 그렇게 할 수도 없는 노릇인가 보다.

날씨가 좋은 날이면 사색하고 글쓰기에 더할 나위 없는 기분이다. 그래서 이런 날엔 나 혼자여도 좋다. 여름이 지나고 가을이 오는 시기, 겨울이 지나고 봄이 오는 때가 딱 그렇다. 몇 번의 계절이 지나야 하며, 하물며 앞으로 지구가 태양을 몇 바퀴나 더 돌아야 모두 끝이 날까. 비스듬히 창밖 하늘을 내다본다.

새 옷

특파원으로 발령받아 영국에 간다며, 몇 년간 이제 보기 힘들 것 같다는 서울의 한 후배가 멋진 겨울옷을 선물로 보내왔다. 내가 태어난 날을 나 스스로 결정하진 않았지만, 매년 해의 마지막 날이 생일인 바람에 이 친구도 잊고 싶어도 잊을 수가 없다며 이렇게 미리 또 선물을 보냈다고 한다.

나에게 최고의 축하란 마음 편한 누군가와 칼국수에 막걸리 한잔으로도 족할 뿐인데, 요즘 사람들은 생일 당일의 하루를 넘어 '생일 주간'이라 칭하기도 한다. 더 나아가 본인 생일을 국가 기념일에 버금갈 정도의 화려한 파티들로 기념하는 모습도 경쟁적으로 볼 수 있다.

그런 모습을 볼 때면 '격세지감(隔世之感)' 그 이상을 느끼게 된다. 나 같은 사람으로서는 그들이 동경의 대상일 수밖에 없다. 나는 그 어떤 기쁜 날이라도 누군가와 밥 먹는 시간 30분이면 족한데, 그날을 일주일 이상 연거포로 즐길 수 있다니…!! 나에게 요즘 사람들은 그저 '로망'으로 보여질 따름이다.

오늘 선물 받은 옷이 참 예쁘다. 과거 언론사 시절 때야 정부 각료를 비롯해 사회 각계각층의 만나는 사람들이 많다 보니 반불가적으로 꾸미고 다니느라 옷도 참 많이 사 입었던 것 같다. 그 후 10년 동안은 옷 한번 산 적이 없었지 아마. 온종일 돈가스를 튀기고, 학교 식자재 납품을 하는 지금의 나에게 벙거지 츄리닝 한 벌이면 십수 년을 버틸 수 있기 때문이다.

그래서인지 오랜만에 맡은 새 옷 내음이 향기롭다. 아껴 입어야겠다. 되도록 돈가스 기름 냄새가 쉬이 묻지 않도록 아끼고 또 아끼며 영국으로 떠나는 예쁜 후배의 정성을 헤아려야겠다.

과거 영국에 출장을 갔을 때 어느 갤러리에서 본 윌리엄 터너의 작품이 생각난다. 〈눈보라: 항구 어귀에서 멀어진 증기선〉이라는 작품이다.

멀어진다는 것이 때로는 참 아프다. 늘 다음을 기약하지만, 어쩌면 다시는 볼 수 없기 때문이다. 그래서 생각해본다. 마지막 헤어지는 순간 그 사람을 어떤 식으로든 기억해놓는 거다. 무작정 그 사람의 손을 잡고, 그 사람의 무릎을 베고 잠깐 누워있는 거도 괜찮겠다.

피천득 선생님은 저서 〈인연〉에서 '그리워하면서도 한번 만나고는 못 만나게 되기도 하고, 평생을 못 잊으면서도 아니만나고 살기도 한다'라고 인연의 참뜻을 묘사했다.

언제나 생각건대, 우리 사는 세상의 인연은 참 우습다. 갈등과 싸움의 연속이며, 이후엔 자존심이 굳건해 먼저 화해의 손길을 내밀 수도 없는, 계속되는 반복이다. 평생을 못 잊으면서도 만날 수 없는, 결국 그렇게 살아갈 수밖에 없을 것 같다.

오늘은 기필코 새 옷을 입고 퇴근해야겠다는 생각이 든다. 서울에서의 내 인연이 남긴 특별한 옷이다.

술과 장미의 나날들

스위스 알프스의 산자락에 위치한 어느 작은 바였다. 손님은 나와 영국에서 온 부부, 그리고 주인 할아버지가 전부였다. 그림 같은 풍경과 시간 속에서 우연히 만난 우리는 그렇게 단숨에 친구가 됐다.

시간은 자정을 향해갔고, 우리는 영국의 프리미어 리그 축구와 북한과 한국의 관계에 관한 이야기를 풀어가며 깊어가는 스위스의 밤을 맞이했다. 눈 쌓인 알프스 능선 너머로는 무수한 별들이 수를 놓았고, 이내 주인 할아버지도 가게 문을 닫고 우리 자리에 합류했다.

스위스, 영국, 한국까지, 그렇게 3국이 하나 됨을 기념하자며 주인 할아버지는 특별한 날 마시려 감춰두었다던 대한민국 대표 술인 '참이슬' 소주를 꺼내셨다. 어쩌나 반갑던지, 나는 실소를 금할 수 없었고 영국 부부에게 소주에 대해 설명을 해드렸다. 이후 작은 잔에 소주 한 잔씩을 나눠 담은 우리는 내가 가르쳐준 한국말인 "위하여!"를 외치며 잔을 비워냈다.

그날의 꿈만 같은 기억이 하루가 노곤할 때쯤 떠오르곤 한다. 무수한 나라 중 스위스에서, 그리고 그날 밤 산자락에 있는 작은 바에서 영국에서 온 부부와 주인 할아버지와 함께 할 확률은 얼마나 될까.

살아오며 우연한 확률을 도외시했고, 삼라만상이라고 일컫는 우주 질서를 곡해하며 바라본 건 아닌가 싶어진다. 사려 깊지 못한 지난날들도 깊은 후회로 남는다. 내가 틀릴 수도 있다는 걸 쉬이 인정하기 싫었는지도 모르겠다.

퇴근길 혼자 동네 술집에 앉아 쓸데없는 묵상에 잠겨보지만, 정서적 안식처가 되지는 않나 보다. 오늘도 하루가 진다. 땅거미 지는 노을과 도로 위의 곤충들도 제집을 찾아 귀가를 준비한다. 술과 장미의 나날들은 그렇게 또 지나간다.

대추가 저절로 붉어질 리는 없다

응급실로 실려 간 가까운 지인의 갑작스런 연락으로 대구를 다녀오니 새벽 2시. 병원 내음이 영 달갑진 않았다. 응급 수술을 기다리며 대학병원 앞 번화가의 유혹에 술을 마셔도 될까, 하는 번민과 한참이나 씨름하기도 했다.

수술이 끝나고 입원실로 옮겨진 환자 곁을 지키는 시늉만 한 채 그대로 곯아떨어졌더니 집에 돌아온 이 새벽잠이 오질 않는다. 책을 펴도, 리모컨을 들고 TV 채널을 여기저기 둘러봐도 귓속에 '이명' 소리만 맴돈 채 새벽의 명함은 끝날 기미가 보이질 않았다. 나가서 좀 걸을까, 싶은 생각도 곱절로 들지만, 추위에 이내 이불 속을 택한다. 천체 망원경이 있었다면 멋진 띠를 간직한 토성이라도 실컷 바라봤을 텐데, 하는 푸념에 사로잡힌다.

신기하지, 어떻게 태양을 중심으로 미학적으로 배치라도 한 듯 둥그런 행성들이 차례차례 나열되어 있는지. 제각각으로 태양 주위를 돌기도 하고, 스스로 돌기도 하며, 약간은 모난 모양일 수도 있을 텐데, 어찜 티끌 하나 없이 동그란 형태인지도 신비롭기만 하다.

태양계를 생각하다 옛 앨범을 꺼내 들었다. 과거를 들여다보는 망원경을 신비로운 우주의 대안으로 삼은 거다. 그러다 눈에 쏙 들어온 사진 한 장. 눈 쌓인 철책 비무장 지대에서의 그 장면이다. 23년 전 한 고참이 몰래 구해온 일회용 필름 카메라로 담은 그날의 모습이었지 아마.

'참 좋았었지…' 하며 나는 또 상념에 빠져든다. 바로 코앞의 북한군과 총대를 겨누며 조국을 지킨다는 뿌듯함은 말로 설명할 수 없는 전율이 흐르기도 했다. 태극마크를 가슴에 달고, 그때만큼은 '국가대표'였던 셈이다.

밤낮으로 땀 흘리며 훈련하던 그때가 그리운 건 왜일까. 올라갈 때 보지 못한 그 꽃, 내려올 때 보기라도 한 걸까. 마음은 부서지기 십상이고, 머릿속은 뫼비우스의 띠처럼 끝없이 계속되는 지침에 현기증이 날 지경인 요즘이다. 그래서인지 고약한 하루를 버텨낼 재간이 없는 오늘 같은 날은 더욱 더 그 시절이 그렇게 느껴진다.

그리워하면 언젠가 만나게 될까. 시간을 건너 그 시절로 간다면, 비누를 얼굴에 덕지덕지 바른 채 깨끗이 세수하고, 조금 더 밝은 표정으로 사진을 찍어야겠다는 생각이 든다.

대추가 저절로 붉어질 리는 없다고 했다. 그 안에 천둥 몇 개, 태풍 몇 개, 벼락 몇 개를 간직해야 비로소 완연한 대추로 빛을 발하게 되는 거였다.

언제쯤 나아질까. 새벽 5시를 향해간다. 아침이 오면 나아질까. 창 너머로 환경미화원분들의 생채기를 시작으로 아침을 여는 사람들이 하나둘 움직이기 시작한다.

대추가 점점 붉어지는 찰나의 모습들이다.

하루의 습작

하루가 꽉 차게 느껴질 때가 있다. 오늘 같은 날이다. 단체 주문으로 아침을 시작했고, 점심때엔 이상하리만큼 배달 주문이 몰려 들어와 홀 손님은 받지도 못했다.

브레이크 타임 땐 잠시 도서관을 찾아 고려사에 관한 역사 서적들을 뒤져보느라 시간 가는 줄 몰랐고, 갑자기 차 한잔 마시자며 연락이 온 아는 동생과 커피숍에서 연이어 수다 삼매경에 빠지기도 했다. 겨우내 꾹 닫고 있었던 혀의 돌기가 모터를 단 듯 언어들을 쏟아내고 있었다.

저녁엔 2주 앞으로 다가온 출장 준비를 마무리했고, 환전까지 해두었다. 오랜만에 가는 해외지만 별 감흥이 없다. 공항에서 수속할 때의 귀찮음, 그리고 좁은 비행 칸에서 몇 시간을 버텨야 하는 그 지루함부터 생각이 드는 건 왜일까.

가게를 마감한 뒤엔 축구장으로 가 2시간여가량 땀을 흘리며 클럽 팀원들과 풋살 경기를 했다. 마침 내리는 비가 땀과 뒤섞여 만신창이가 된 채 경기를 끝마쳤다. 2~30대 친구들과 어울려서 경기를 하다 보니 원치 않게 노익장(?)을 과시하며 뛰는 꼴이 됐다. 인정하긴 싫지만, 여유롭게 즐길 수 있는 골프나 당구가 아닌 체력과 스피드를 요하는 축구라는 스포츠를 여전히 즐기다 보니 몸이 따라주지 않는 주지의 팩트는 인정하고 수그려야 할 때가 된 것만 같기도 하다.

집에 가는 길 차 안에서는 김동률이 부른 〈기억의 습작〉이라는 노래가 흘러나온다. 습작(習作), 무언가를 연습 삼아 미리 끄적여보는 걸 뜻하는데, 내 삶에 습작이 있었다면 나는 적어도 이런 식의 우둔한 삶은 살지 않았겠지- 하는 자조가 들기도 한다.

많은 것이 바뀌었다. 나의 삶도, 세상과 사람을 대하는 나의 시선도. '어울림'에서 '단절'로 가는 과도기와도 같다. 김영하 작가께서 강조한 그것과 궤를 같이한다. 마흔이 넘으면 사람, 그러니까 친구가 별로 중요하지 않다는 거다. 친구를 덜 만났으면 인생이 더 풍요로웠을 거라고 확신하는 그의 모습에서 내 모습도 반추를 해보게 된다.

40년 넘는 세월을 살아오며 사람들과 어울리는 걸 나는 왜 그토록 좋아했을까, 하는 후회다. 결국 제 이익을 좇아 흔적도 없이 모두 사라져 버릴 것을. 돌고 돌아 곁에 남아있는 건 고양이 한 마리뿐….

인간이 얼마나 이기적이냐면, 애덤 스미스가 〈국부론〉에서 잘 나타내준다. 우리가 저녁 식사를 기대할 수 있는 것은 정육점 주인과 양조장 주인, 빵집 주인의 자비심 덕분이 아니라 이익에 대한 그들의 관심 때문이라는 것이다. 그 이기심이 결국 '보이지 않는 손'까지 연결이 된다.

내가 만난 사람들과의 관계가 그렇다. 서로에게서 파생되는 이익에 우리는 어쩌면 관심이 더 있었는지도 모른다.

자연스럽다. 토끼 같은 자식과 여우 같은 마누라를 얻은 그들 틈에서 '인류지대사'를 져버린 나와 비슷한 처지인 사람들은 설 자리를 점점 잃어간다. 멀어져 가는 저 지평선 어딘가에 행복한 사람들의 구역뿐만 아니라 나 같은 사람들의 공간도 어딘가에 마련되어 있긴 한 건지, 가끔은 원망스런 마음이 든다.

금요일 밤이 되자 선비의 고장이라고 불리는 내 고향 안동의 밤거리도 화사하게 드리운다. 이면엔 달빛이 기우는 낙후된 달동네의 모습도 피어오른다. 만석의 술집과 사람 한 명 없는 서점의 모습도 대조적이다.

집에 가는 길에 서점에서 신간 책 한 권을 사 들고 이 달빛 아래 부르고 싶은 노래가 한 곡 있어 코인 노래방에 들렀다. 예전 결혼식을 앞두고 프러포즈 자리에서 불렀던 규현의 〈우리가 사랑한 시간〉이란 곡이다. 좋다. 고요히 흘러나오는 선율과 가사의 결도 이 밤과 잘 어우러진다.

집에 도착해 샤워하고, 오랜만에 그동안 입어 온 축구 유니폼들을 옷장 거치대에 차례로 널어봤다. 살아생전 축구를 좋아했던 아버지 생각이 난다. 나도 아들이 있다면 아버지가 그랬던 것처럼, 주말마다 동네방네 공을 차며 함께 뛰어놀았을 텐데… 기억 안에서, 습작의 나래를 펼쳐본다.

설명할 수 없는 오늘 밤, 이렇게 또 기울어 간다. 언젠가 설명이 필요한 밤, 어딘가에 있을 '사랑하는 너에게' 오늘 못다 한 많은 이야기를 들려주고 싶다.

막걸리 한잔해야겠다. 꽉 찬 하루에 대한 보상이다. 오늘도 혼자 따르고, 혼자 마시는 거다.

세 밑에서, 마음을 담아

오늘, 그러니까 2023년 12월 31일, 엄마가 해의 마지막 날 아들내미 생일을 혼자 보내게 둘 수 없다며 연차까지 내고 와서 아침을 같이 했다. 세상에 홀로 우두커니 기근하고 있는 나에게, 우리 엄마는 언제나 그랬듯 올해도 아무 말 없이 내 곁에 머물러 주었다.

수년 전부터 엄마 몰래 쓰고 있는 단편 책이 하나 있다. 이 책은 아마 우리 엄마는 살아생전 볼 수 없을 거다. 〈엄마 없는 하늘 아래〉라는 제목으로 엄마와 이별하는 날 엄마 영전에 같이 묻을 예정이기 때문이다. 엄마가 혹시 한이 남아 저승으로 가지 못하고 이승에서 영혼이 되어 떠돌 때 심심할까 봐 쓰고 있는 책이다.

홀로 고립되어 지낸 올해도 어쭙잖은 불순물들만 가득 지닌 채 이렇게 흘겨 보낸다.

한 해를 마무리하는 올해 세밑은 온 국민이 사랑했던 배우 이선균 씨의 죽음으로 갈음하게 됐다. 많은 사람이 인생 드라마로 여기는 〈나의 아저씨〉에서 여주인공으로 분한 아이유의 극 중 이름은 '지안'으로 통한다. 한자어로 풀어쓰면 아마 '이를 지(至)'에 '편안할 안(安)'로 해석될 텐데, 마지막 장면에서 이선균은 아이유에게 이런 대사를 건넨다. '지안, 이제 편안함에 이르렀냐' 하면서 말이다.

언제나 보잘것없는 나의 삶 틈으로 드리우는 작은 빛을 생각한다. 작은 빛이지만 내년에도 빛나고 있을 그 빛 곁에서 나도 편안함에 이르고 싶다는 소망을 가져본다. 외로워도 괜찮다. 나는 이제 정말 괜찮다.

이른 아침 고향 전경이 고즈녁이 드리우는 눈꽃 흩날리는 월영교에서 마음을 담는다. 그리고 작은 소망을 가슴 한 켠에 새긴다.

3.

계몽된 사회를 바라는
소망의 일기

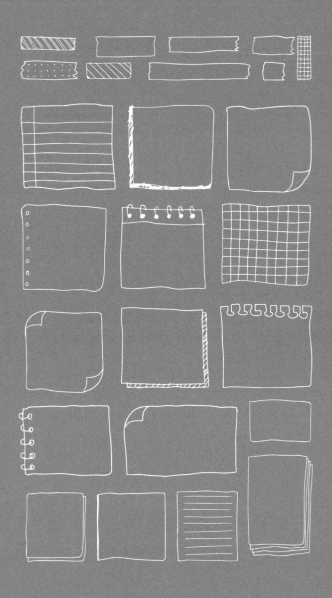

모로코의 책방 할아버지

아프리카 대륙 모로코의 한 시골 마을에는 책방에 산더미처럼 책을 쌓아놓고 종일 책을 읽는 한 책방지기 할아버지가 계신다. 그는 보통 아침 8시에 서점 문을 열어놓고 저녁 예닐곱 시까지 책을 읽는데, 책을 읽기 시작한 이유는 가난에 대한 일종의 복수라고 한다.

6살 때부터 고아였던 할아버지는 교과서를 사지 못할 정도로 가난해 학교를 중퇴해야 했고, 15살의 나이에 단 9권의 책을 가지고 나무 아래 홀로 앉아 팔기 시작했는데, 현재는 모로코의 최장수 책방 주인이 된 것이다.

"나는 아랍어, 프랑스어, 영어, 스페인어로 4,000권이 넘는 책을 읽었으니 4,000명 이상의 삶을 산 거지. 누구나 그런 기회를 얻어야 해"

할아버지는 말한다. 이 서점을 시작한 이유도 읽고 싶어서, 공부하고 싶어서, 삶을 배우고 싶어서였다며….

"책을 읽을 줄 모르는 사람은 책을 훔치지 않아. 책을 읽을 줄 아는 사람도 책을 훔치지 않지."라며 할아버지는 책방을 무료로 운영하는 이유에 대해서도 덧붙인다.

자신의 하루를 즐기기 위해서는 베개 두 개와 책만 있으면 된다고 말하는 책방지기 할아버지. 문맹률이 30%에 달하는 모로코의 모든 사람이 책을 읽을 때까지, 그들이 자신처럼 책을 통해 다른 삶을 살아볼 때까지 할아버지는 오늘도 밤낮으로 책을 읽는다.

할아버지를 보며 책을 읽는 사람은 둔탁하지 않을뿐더러 악한 심보일 리 없다는 대명제를 이젠 명징하게 받아들이고 싶은 생각이 든다. 갖은 핑계로 책과 멀어지는 사회 속에 편승해 책 읽을 시간이 없다며 사족이 점점 길어지는 나조차도 면구스러운 마음이 든다. 정녕 나는 읽지도 않으면서, 내가 쓴 책은 읽어달라는 자기모순에 빠지기도 한다.

연상과 사색이 끝없이 머릿속에서 아우성칠 때, 혹은 정다각형을 면으로 해서 만들 수 있는 정다면체는 소위 '플라톤의 입체'라고 알려진 다섯 가지밖에 없다는 학창 시절 때의 난제를 파악할 때조차도 책은 요긴하게 쓰인다.

'5분 만에 간파하는 양자역학!' 하며 유혹하는 유튜브의 세계는 이롭지 못하다. 눈길을 끌기 위해 짧거나 간결하게 만들어진 영상 따위의 콘텐츠들이 책이 아우를 수 있는 지식의 깊이를 담아내지는 못할 거라 믿는다. 앞으로도 그럴 것이다. 따라서 많은 사람이 더 이상 그런 곳에 집중력을 도둑맞지 않았으면 좋겠다.

올여름 우기를 건너는 동안, 가급적 많은 책을 읽어야겠다. 빗소리에 발맞춰 책 읽기에 더할 나위 없는 계절이기도 하다. 오늘은 지역 근교에 예약해 둔 한적한 호텔에서 하루 묵을 예정이다. 근사한 룸에서 은은한 향에 취해 혼자 책을 읽고 글을 쓰는 시간이 특별하게 느껴진다. 언제나 혼자 휴가를 보내는 방식이다.

'뉴진스의 어머니' 민희진 대표의
노빠꾸 기자회견

민희진 대표의 말투와 화법을 보면 거짓을 말할 것 같지는
않다. 그의 논리는 본인이 대표로 있는 어도어 지분 20%로
어떻게 모회사 격인 하이브 경영권을 찬탈하겠냐는 거다.
애초에 말이 안 된다는 식이다(혹자는 3자 배정 방식의 꼼수로
충분히 가능하다고 하는데, 이분이 그렇게까지 꾀가 많은 것 같지는
않아 보였다).

그리고 그 논거로 들고나온 게 방시혁과 하이브 대표 등
과 나눴던 카톡 대화 캡쳐본이다. 여기에서 그는 유불리를
따져가며 항변을 이어가는데, 목소리 톤이나 화법 자체가
군더더기 없이 쏙쏙 박히기는 했다. 'X새끼, X발, X랄, X신'
등등 욕설까지 적재적소에 추임새로 선보였는데, 우리 국민

은 여태껏 유례없는 기자회견을 생방송으로 목도하게 됐다.

보며 이분은 엔터에만 충실한 전형적인 크리에이티브 처럼 보였다. 경영하며 기초적으로 알아야 할 지분 개념이나 언젠가는 행사해야 할지도 모를 스톡옵션, 콜옵션 등 여러 제반 조항들조차도 하나도 모르는 것처럼 느껴졌다.

경영자로서 기초적인 개념을 모르니 아마도 하이브와 계약을 맺으며 본인도 몰랐던 독소조항이 달렸던 모양이다. 그 조항에는 아마도 퇴사하더라도 지분 혹은 '뉴진스'의 상표권이나 저작권 따위의 것들을 묶어두는 방식이 삽입되어 있지 않았나 싶다.

대부분 대기업이 하는 계약 방식이 이렇다. 멀쩡한 계약서에 옵션 조항을 단다. 말이 좋아 옵션이지, 독소조항이란 얘기다. 보통 자회사나 하청업체가 '을'이 되는데, 그들은 울며 겨자 먹기식으로 이렇게 계약서에 사인을 하게 되는 경우가 많다.

서로 '윈윈' 할 수 있는 경우도 있다. 실패하지 않고, 쭉 굴러가는 거다. 그리고 성공의 가도를 달리더라도 대기업(모회사)에 충성하며 눈 밖에 나지 않는 거다.

이 경우를 민희진에게 대입해보면 쉽다. 그는 이미 SM에서 시작해 엔터업계에서 잔뼈가 굵어 있던 터였다. 그리고 하이브로 스카웃 된 뒤 자회사 어도어의 대표가 되어 Y2K 감성으로 대변되는 이색적인 아이돌 그룹 '뉴진스'를 대성공의 반열에 올려놓았다.

그런데 튄다. '뉴진스의 어머니'라는 별칭부터 시작해 방송과 언론 접촉이 잦았다. 이번 기자회견을 보며, 공식 석상에서 이 정도의 개성을 보이는 이가 사석에서는 어떨까 하는 생각이 들었다. 그러다 보니 곪아있던 덩어리들이 터져 이번에 임계점을 찍게 됐다. 신인 걸그룹 '아일릿'이 '뉴진스'를 모방했다고 모기업에 딴지를 건다. 그의 성품을 보면 앞뒤 재지 않고 대표에게 곧장 찾아가 들이받았을게 빤해 보인다. 그러자 하이브에서는 민희진을 쫓아내려 그를 개인 사찰한 뒤 '경영권 찬탈'이라는 프레임을 들고나와 마타도어를 시작했고, 결국 이 사달이 벌어지게 됐다.

이번에 민희진 대표를 보며 드는 생각은 이분 옆에 있어서 좋을 사람은 그 회사 주주들밖에 없을 것 같다는 거다. 왜냐하면 어찌 됐건 사업을 성공시킬 실력이 출중하고 주주 우선주의'를 실현해 주며, 확실히 돈을 벌어다 주기 때문이다.

그런데 이런 분이 만약 내 상사거나, 혹은 내 부하직원이거나 한다면 얘기가 달라진다. 다루기가 힘들고, 모시기도 벅차다. 회사 생활을 해본 사람이면 잘 알 수 있을 것 같다.

그래도 나는 그녀에게 박수를 보내주고 싶다. "내가 당신들처럼 기사를 대동해 골프를 치러 다니냐, 술을 처마시냐, 내 법인카드를 샅샅이 뒤져봐라. 새벽에 배민 시켜 먹은 영수증밖에 없다." 이 한마디에서 '뉴진스'라는 대형 걸그룹을 탄생시킨 민희진 대표의 억울함과 열의가 느껴졌다.

낯선 맘(Mom)

아는 지인을 통해 한 학부모께서 연락이 온 적이 있다. 초등
학생 아들이 있는데, 영어 발표 대회가 있다고 나한테 연설
문을 좀 써달라는 것이었다. 처음에 나는 이렇게 문자를 보
내며 정중하게 거절했다.

　"초등학생이면 본인이 직접 해보는 게 훨씬 도움도 되고
경험이 될 거예요. 제가 해드리는 건 진짜 아무 의미가 없어
요. 평가하시는 선생님들도 다 아실 거예요. 제가 해드리면
표현 자체부터 다 티가 날거구요. 그리고 아마 선생님들도
시험 치듯이 학생들을 평가하려는 게 아니고, 영어에 대한
자신감을 보려는 목적일 거예요."

　어머님은 그래도 대충이라도 해달라며 거의 읍소하듯 거

듭 부탁을 해오셨다. 시간도 얼마 안 남았다고 가급적 빨리 좀 해달라며. 게다가 보상까지 해주신단다.

어쩔 수 없이 나는 하던 일을 멈추고 영작하기 시작했다. 초등학교 수준이면 대체 어떤 단어를 써야 할지 감도 잘 오지 않았다. 그렇게 A4용지 2장 분량으로 작성해 급하게 보내줬더랬다.

어머님은 감사하다며 온갖 표현을 빌려 문자를 주셨다. 그리고 물질적 보상도 해주신다는 걸 나는 극구 사양했다.

그리고 저녁이 돼서 다시 문자가 왔다. 발표했는데, 초등학생 아이가 말하기를 내가 써준 연설문의 문법도 틀리고 표현도 이상하다며 망쳤다는 것이다. 그래서 어머님은 너무 속상하다며, 나한테 이런 식으로 대충 해줄 거면 진작에 못하신다고 하지 왜 해주신다고 그랬냐며 따지기 시작했다.

순간 뭐랄까, 이 장면은 가십거리를 전하는 뉴스나 맘카페에서 보던 모습인데, 하는 생각이 스쳐 지나갔다. 나는 마음을 최대한 가라앉히고 점잖게 되물었다. 혹시 어떤 표현이 잘못된 거냐고. 그런데 거기에 대한 대답은 안 하시고 계속 감정적으로만 대응을 하시는 거였다.

'욕이나 한 바가지 퍼부어줄까?' 하는 생각을 불현듯 했다가 접어두고 이렇게 문자를 보냈다.

"저기 어머님. 제가 참 황당해서 그런데요, 제가 제 입으로 이런 말씀 드리기 염치없지만, 과거에 외국에서 대학 생활도 하고, 외국계 기업에서 외국인들과 토론하고 업무 보는 일도 상당히 오래 했었어요. 그리고 문법 말씀하시는데, 제가 한때 영어 선생 일도 잠시 했었고요, 한국에서 치르는 수능 영어, 토익, 텝스 시험은 모두 만점 받았었어요. 제가 잘났다고 말씀드리는 게 아니고요, 신뢰를 못 하실까 봐 염치 불고하고 말씀을 드려요. 근데 초등학교 4학년인 자제분 말만 듣고 이렇게 감정적으로 문자를 주시면 제가 어떻게 해야 할까요? 자제분이 입상을 못 한 이유가 순전히 저 때문이라는 말씀으로 들리는데요. 참 드릴 말씀이 없네요. 숭고한 자제분의 앞날에 민폐를 끼쳐 죽을죄를 지었습니다. 더 드릴 말씀도 없고, 혹시나 또 답장 하실까 봐 차단할게요."

모르겠다. 아이도 없는 나 까짓게 저 어머님의 마음을 알까도 싶다. 하나부터 열까지 무조건 1등으로 키우려 들고, 사회 공공의 이익보단 내 아이 우선주의인 이 시대의 부모를 나는 어디까지 이해해야 할까. '하하~' 실없는 웃음이 돈다. 이젠 하다 하다 학부모랑 싸우고 앉았으니 이게 참 뭐 하는 짓인가 싶다. 언제나 사람 사는 세상을 그렸는데, 어느새 사람 없는 세상을 바라게 됐다.

나무 한 그루와 우물과 기름진 밭이 있는 곳이면 좋겠다. 그곳을 찾아 또 떠날 채비를 해야 할 때가 점점 다가오는 것만 같다. 언제까지 떠돌아야 정착을 할 수 있을까.

　향나무는 자기를 찍은 도끼에도 향기를 묻힌다고 했는데, 그런 배려와 자기희생은 동화 속 나라에서나 바래야 하는 걸까?

페이스북이 내게 말해준 것들

트위터와 더불어 SNS의 효시라 할 수 있는 '페이스북'도 자의든 타의든 꽤 오래 해보게 됐다. 15년 전 즈음 우리나라의 한 경제 언론사에 입사하면서부터 SNS가 등장했으니, 나의 직장 생활과 함께 태생이 됐는지도 모르겠다.

처음에는 그랬다. 내 기억으로는 호기심에 사진과 두세 문장의 글을 올리는 사람들로 그윽했던 것 같다. 그러다 타인들의 댓글이 달리고 '좋아요'라는 클릭 수에 평가가 좌지우지되는 새로운 문명을 우리는 발견하게 됐다.

그때부터였다. 광고가 붙고, 대중매체를 대신하기 시작한 시점. 창업자 저커버그는 지금 벌어지고 있는 이 모든 상황을 예견했던 걸까.

그렇게 시간이 흘렀고 현시대가 되었다. 나는 10년 가까이 활동하던 페이스북이 해킹당하는 바람에 다시 아이디를 생성했고, 1년 전부터 만회하려 또다시 '페북놀이'를 하고 있다. 그런데 참 아이러니하게도 격세지감이라 할까, 생소해졌다. 제 잘나고 과시하는 문화가 다분하다지만, 이제는 찍어 누르듯 '당신은 나의 수준과 다르다'라며 거들다 보지도 못할 정도로 으름장을 놓는 듯한 문화를 느끼게 된다.

위조인지 진실인지 알 길은 없지만 대부분 해외 유학을 다녀오고 서울 명문대를 안 나온 이가 없어 보인다. 변호사, 검사는 '장삼이사(張三李四)'처럼 눈 돌리면 보게 되고, 연봉은 1억 밑으로는 명함도 내밀기 힘들어졌다. 나는 서울에서 직업 특성상 사회지도층과의 교류가 다소 많았는데, 그들과 10여 년 이상을 교류하면서도 저들을 본 적이 없는데, 저토록 호화로운 사람들은 어디 있다가 저렇게 불쑥 튀어나온 걸까 하는 생각도 든다.

뿐만 아니다. 예쁘고 잘생겼다. 몸매는 말할 필요도 없겠다. 하나같이 얼굴에 손댄 적 없는 자연 미인임을 강조하지만, 나 같은 호구도 다 알 수 있다. 얼굴에 손 안 댄 사람은 찾아보기 힘들다는걸.

잘나도 너무 잘났다. 얼굴, 몸매, 학력, 재력까지. 뭐 하나

빠지는 게 없는 사람들이다. 유명 연예인들이 화보를 찍듯, 일상생활에서 다양한 각도의 사진을 찍어 SNS에 과시하는 사람들은 비서라도 한 명씩 대동하고 다니는 건지, 호기심마저 들었다. '분명 혼자 커피숍에 있다는 멘트가 달렸는데, 마치 콘셉트를 잡고 원거리에서 찍은 듯한 저런 사진은 대체 누가 찍어주는 걸까?' 하는 호기심이다.

그들이 어떠한 말을 해도, 혹은 어떤 사진을 올리더라도 유명 연예인이 된 마냥 사람들은 환호를 해주기도 한다. 그래서 그들은 호기롭게 그 상황을 즐기곤 한다. 그 옛날 셰익스피어라는 불세출의 작가가 요즘 시대에 환생해 멋들어진 글을 쓰더라도 '좋아요'라는 클릭을 10개도 받기가 힘들 거다. 그런데 요즘은 속살을 드러내면 1,000개 이상을 받는 건 일도 아니게 됐다.

그 '좋아요'가 권력이 돼버린 거다. 그들은 이후에도 연이어 그 권력을 이용한다. 겸손과 배려는 없다. 물리적으로 스킨쉽 할 일이 없는 SNS 세상에 군림하고 있으니….

꼴 같지도 않은 것들이 덤벼들면 바로 차단하거나 공개처형을 하기도 한다. 나와 수준이 맞지도 않는 이들이 덤벼든다며, 그들의 정보를 캡처해 모두 공개해버리기도 한다. 그럼 주위에서 본인을 추앙하는 이들이 연합해 그들을 뒤

안길로 확인 사살하듯 보내버린다. 옳고 그름이 없다. '좋아요'를 많이 획득한 이가 권력자가 돼버린 거다. 그들은 무조건 옳다. 되도록 나 같은 사람은 좋든 싫든 그들의 게시물에 '좋아요'도 클릭을 많이 해줘야 한다. 그 클릭조차 소통이라 칭하며, 소통이 없으면 그들은 또 블랙리스트를 작성해 차단하겠다며 으름장을 놓는다.

나도 때로는 열심히 공부하며 그 결과로써 빛을 발하기도 했던 것 같다. 그런데 SNS 세상에선 명함도 못 내밀게 됐다. 외모며, 학벌이며, 집안이며, 모두가 세자 책봉을 받은 듯 아무 걱정 없는 권세와 자본을 누리는 듯한 그들 틈에서는 말이다.

명품과 외제 차를 배경으로 가슴골과 허벅지를 은근슬쩍 드러내며 조화를 꾀한다. 겸손하며 상냥하며, 혹은 유교녀인 척하지만, 왠지 문란해 보이며 자본의 노예가 된 듯한 이들도 많아 보인다. 이런 거짓과 술수가 난무하는 세상에서 나는 어느 장단에 맞춰 춤을 춰야 할까. 명품 옷으로 치장한 뒤 열심히 골프를 쳐야 하겠고, '당신 예쁘다!'라며 없는 말을 치켜세울 줄 아는 처세술을 기르면 그들 틈에 낄 수는 있는 걸까?

나는 지금 어떤 시대를 관통하고 있는 걸까. 아날로그에서 디지털을 거쳐 AI 시대에까지 다다랐는데, 나만 혼자 아날로그 시대에 멈춰 있는 건 아닐까.

벗고, 마시고, 처음 보는 이성과도 자유롭게 하룻밤을 보내며, 자그마한 뭔가도 부풀려 스스럼없이 과시하는, 그게 이 시대에 순응하는 방식일까?

집 전화밖에 없던 시절, "우리 12시까지 OO 제과점 앞에서 만나." 하며 약속을 잡고 '잠뱅이'라는 서민 브랜드의 아껴둔 청바지를 입고 설레는 마음으로 이성 친구를 만나러 가던 그 시절의 우리는 지금 어디 있는 걸까.

과시하지도 않았고, 일회용 필름 카메라를 들고 다니며 사진 한 장 한 장에 추억이 고스란히 묻어나기도 했다. 그 시절은 참으로 그랬었다.

그들 눈에 거슬리는, 이따위의 글을 쓴 나도 내일쯤 공개 처형을 당하지 않을까 싶다. 인기리에 방영된 드라마 〈미스터 선샤인〉의 마지막 대사를 기억할 수 있겠다. "굿바이 미스터 선샤인, 독립된 조국에서 씨 유 어게인." 이 말을 빌린다. 조국을 SNS로 치환해 보길 바란다.

히포크라테스의 눈물

인간의 생명을 담보로 하는, 혹은 인간의 안전과 밀접하게 관련된 직종에서는 보통 선서나 맹세 같은 의식을 치른다. 보다 사명감을 갖고, 구성원 스스로 인간 생명과 존엄에 대한 예를 다하기 위해 치르는 자의적 의식이라고 볼 수 있다.

대표적으로는 의대생들이 본과 졸업 후 치르는 히포크라테스 선서가 있다. 그리고 간호대 학생들의 나이팅게일 선서와 한의대의 허준 선서, 약대의 디오스코리데스 선서 등이 우리에게 잘 알려져 있다.

소방관에게도 복무 신조처럼 내려오는 '소방관의 기도'가 있는데, 1958년 미국 소방관 스모키 린이 쓴 시(詩)에서 비롯됐다. 기도는 다음과 같은 다짐으로 소방관들에게 사명감을 되새겨 준다.

"아무리 강렬한 화염 속에서도 한 생명을 구할 수 있는 힘을 저에게 주소서.", "제 목숨이 다하게 되거든 부디 은총의 손길로 제 아내와 아이들을 돌보아 주소서!"

지금 대한민국에서는 의사들과 정부의 대치 양상이 극으로 치닫고 있다. 오늘 기준으로 전국의 전공의(2~3년 차 레지던트) 약 70%가 사직서를 제출했다고 한다. 종합병원은 개점휴업 상태가 됐고, 말기 암 환자를 비롯한 위중증 환자들은 수술 날짜가 미뤄지고 취소돼 병원을 찾지 못하고 뺑뺑이를 돌고 있다고 한다.

정부 측은 의대 증원 2,000명도 최소한의 수치라며 절대 양보할 수 없다는 입장이고, 의협 측은 전면 철회를 요구하고 있다. 나는 여기서 국민의 상식을 들여다보고 싶다. 간단하다. 국민 입장에서는 누구나가 '의사가 늘어나면 좋은 거 아닌가?' 하는 생각을 하게 된다. 그래서 더 갸우뚱해진다. 여론조사만 봐도 증원에 찬성하는 국민이 80% 이상으로 압도적으로 높게 나온다.

그런데 이런 국민 상식을 뒤엎는 의사들의 입장을 들여다보면 단숨에 이해하기가 쉽지 않다. 먼저 2,000명을 증원해 봤자 외과나 응급 병상 등 의사들이 기피하는 과로 배치가 되지 않고, 피부과나 정신과 같은 편한 과로 몰리기 때문에 실효성이 없다는 거다. 그리고 현재 '빅 5'병원 전문의 연봉이 3~4억 정도 되는데, 공급이 몰리면 자연스레 의사 연봉이 낮아지는 우려도 있다고 한다. 하나 더, 일각에서는 대한민국 인구 감소로 인해 의사가 그만큼이나 필요치 않다는 궤변도 펼쳐지고 있는 상황이다.

보통의 국민 입장에선 의사들의 주장을 아무리 헤아리려 해봐도 의아해진다. '의사들 본인들도 항상 과업과 야근에 불만이던데, 숫자를 늘리면 서로 좋은 거 아닌가…' 하는 생각을 하게 된다.

어제 한 의사는 의대 증원을 늘려서는 안 된다는 근거로 학교에서 성적이 20~30등 하는 학생은 국민이 원치 않을 거라는 발언했다. 그의 말도 일리는 있다. 서울대 법대 보다 가기 힘든 곳이 지방대 의과대학이다. 그러니 군이 성적순으로 나열한다면 그의 말이 틀리지는 않아 보인다.

그런데 전해 듣기로는 학창 시절 성적이 아니더라도 의과대학은 졸업이 훨씬 더 어려운 걸로 정평이 나 있다. 말인즉슨, 암기력에 치중한 학창 시절 성적으로 가르지 않아도 대학 과정 중의 실습과 평가 등으로 의사의 자질을 충분히 습득할 수 있다는 얘기다. 평가 미달 된 학생들은 재수강을 하던 지의 방법으로 졸업시키지 않으면 될 일이다.

그 의사의 발언에서 엘리트 카르텔의 끝을 보는 것만 같았다. 우리는 대한민국 1등 엘리트 집단이니까, 정부와 국민은 절대 의사를 이길 수 없다는 의사협회 간부의 말도 실언이 아닌 것처럼 느껴진다.

"우리 모두 생명을 존중하는 히포크라테스 선서의 선후배 형제로서 우리를 믿고 의지하는 사랑하는 시민들을 위해 소명을 다하자"라는 결기와 사명감은 어디로 간 걸까."

히포크라테스는 선서의 말미에 눈물을 머금으며 이렇게 다짐했다. "만일 내가 이 선서를 어기고 약속을 저버린다면, 나의 운명은 그와 반대되는 방향으로 치닫게 될 것이다."

일생 의술을 베풀며, 모든 사람의 존경을 받아 마땅한 의사분들의 운명이 국민과 반대되는 방향으로 치닫지 않기를 바라고 싶다. 그 운명의 전선 위에 서 있는 그들의 무운(武運)을 빈다.

착한 원나잇

지난밤엔 깊은 꿈을 꿨다. 금단의 사랑을 해도 혼나지 않고, 살인을 저질러도 벌을 받지 않는, 꿈속의 나라는 그래서 경이롭다.

지난 꿈속에서는 과거 친하게 지내던 한 친구가 나타나더니 갑자기 죽었다. 그리고 그 친구는 영혼이 되어 내 곁을 맴돌며 본인의 억울함을 하소연했다. 나는 영매가 된 마냥 그 친구와 동행했는데, 꿈속에서 만난 거리의 사람들은 그 친구를 볼 수 없었다. 그러다가 만난 그 친구의 어머니. 어머니는 하염없이 울부짖었다. 영혼이 된 친구는 그 모습을 바라보며 함께 울고 있었다.

그러곤 잠에서 깼다. 새벽녘 암흑 속에서 침대 옆 조명을 켜고 눈을 비볐다. 웬걸, 눈물이 고여있었다. '무슨 꿈이 이 래.' 찜찜했다. 꿈속에서의 눈물이 현실까지 이어지는 일은 겪어본 적이 없어서다.

폰을 들고 카톡에서 그 친구 목록을 찾았다. 이름이 생 각이 나질 않아 2,000명이나 되는 카톡 친구 목록 전부를 훑었더랬다. 그때 서야 '아차' 하는 생각이 들었다. 평소 자 주 연락하는 친구라고 해봤자 2~3명 남짓인데 연락처 목록 에 2,000명이라니⋯ 저 멀리서 기자 생활할 때 종종 뵈었던 전직 서울시장님과 장·차관 등 고위공직자분들의 연락처도 보였다.

아침까지 고민이 들었다. 폰이 무거워진 느낌도 들었다. 이 목록들을 왜 가지고 있었던 걸까. 나는 별 고민도 하지 않고 바로 폰을 초기화했다. 가족들과 친한 지인들 번호는 모두 외우고 있으니 별문제 될 건 없었다. 모임 따위는 밴드 나 단톡방이 있으니 또한 문제 될 게 없었다.

그리고 다시 카톡 목록을 들여다봤다. 가족 포함 20여 명이 남았다. 폰도 한결 가벼워졌다. 다 읽은 책들을 기증하 고, 집안의 물건들을 미니멀 하게 바꾸는 데만 골몰했지, 폰 을 다이어트 할 생각은 그동안 미처 하지 못했나 보다.

과거엔 사람이 자산인 줄 알았다. 지금도 그렇게 굳건히 믿는다. 그런데 6개월 이상 교류가 없다는 건, 이번 생에서는 앞으로도 아마 교류가 없다고 보는 게 맞겠다. 간혹 경조사 때 수년간 생사도 몰랐던 이가 노심초사하며 연락을 건네는 경우가 있는데, 그러지도 말았으면 싶다. 결혼식장이나 장례식장 빈 곳간에 사람을 채워 넣거나, 부조금 따위로 살림살이를 보강하려는 행위로밖에 보이질 않아서다.

친구 서너 명, 선배 서너 명, 후배 서너 명, 비율도 어찌나 이렇게 균형이 잡혔는지. 이렇게라도 남은 이들로 이젠 내 인생이 가득 찼으면 좋겠다.

폰까지 미니멀 해지니 마음이 한결 가볍다. '선택과 집중'은 경제학에만 통용되는 게 아니었다. 이렇듯 관계에서도 잘 맞아떨어진다. 한가지 걱정은 있다. 나 같은 처지인 사람이 관계를 구걸해도 모자랄 판에 역행하는 꼬락서니가 적절한지. 그럴지도 모르겠다.

그런데 나는 이제 '롱나잇' 보다는 '원나잇'이 좋아졌다. 모두가 생각하는 '하룻밤 섹스'에서 기인한 용어다. 남녀 사이에 쓰이는 그 뜻이다. 다만, 이 단어는 우리 사회에서 이따금 왜곡되어 쓰인다. 원나잇은 무조건 나쁜거다는 의미로 곡해된다.

왜 나쁠까. 다 큰 성인이 서로 마음에 들어 하룻밤 섹스를 하겠다는데. 부모님께 허락을 안 맡아서일까. 만약 한쪽이 거부하는데, 한쪽이 강압적으로 한다면 성폭행이나 간음의 '범죄'가 성립된다. 그러면 그건 나쁜 게 된다.

그런데 둘 다 원해서 하는 원나잇은 왜 부정이 되어야 하는지, 나는 여전히 모르겠다. 아마도 툭하면 유교 운운하는 우리 민족 특유의 도덕성에 맞닿아 있어서일지도 모르겠다. 유교 국가에서 모순적이게도 불륜은 흔치 않게 볼 수 있는데, 음지에서 둘 사이에만 일어나는 이런 다양한 형태의 섹스는 당사자 외에는 그 누구도 알 길이 없다. 섹스가 끝난 후 거리로 나온 당사자들은 아무 일 없었다는 듯 차분하게 각자 갈 길을 간다. 나쁘지 않다. 본능에 충실했으니. 거스를 수 없는 인간의 욕구라고 보면 되겠다.

슬림해진 폰과 함께 원나잇을 꿈꾼다. 나쁜 거 말고, 서로 호혜할 수 있는 '착한 원나잇'인 거다. 30대 때 결혼은 미친 짓이라는 선배들의 말을 거스르고 그 길로 들어섰다 파경을 맞았다. 40대가 되니 연애도 미친 짓이란 걸 깨달았다. 이즈음 되니 그저 4계절마다 동네 포장마차에서 소주 한잔할 수 있는 사람이면 좋겠다는 생각이 든다. 그러다 눈이 맞아서 원나잇도 하고 그러는 거다. 젊은 시절의 그 숭고한 사랑은 어느덧 갈 길을 잃었다.

슬프도록 아름다운, 마가렛 간호사

작은 사슴을 닮은 섬 소록도. 1960년대 '문둥병'으로 불린
'한센병' 환자들을 격리시켜 놓은 곳으로 유명하다. 당시 소
식을 듣고 오스트리아에서 한달음에 한국으로 건너온 앳된
두 간호사 중 한 명인 마가렛. 마가렛은 자그마치 40여 년을
소록도에서 한센인들을 돌보다가 70살이 돼서야 편지 한 장
만 달랑 남겨 놓은 채 소록도를 떠났다.

　"이제 나이가 들어 제대로 일을 할 수 없게 돼 부담을 주
기 전에 떠난다."라는 게 마지막 인사였다. "부족한 외국인
으로서 큰 사랑과 존경을 받아 하늘만큼 감사하다."라고도
했다. 암 투병 중이라는 사실은 끝내 밝히지 않았다.

　그런 마가렛 간호사가 얼마 전 88세의 나이로 오스트리

아의 한 병원에서 선종했다고 한다.

이역만리에서 평생을 무보수로 봉사하다가 삶을 다한 마가렛 간호사로부터 무의미하게 버텨온 내 삶의 하루들을 돌이켜본다. 부끄럽고 민망하며 노곤해진다.

유난히 길었던 연휴 동안 빈틈없는 만석의 술집들과 요란한 밤거리들이 참 이질적으로 느껴졌다. 성묘를 하건, 다 같이 모여 밥을 먹건, 화장실을 가든, TV를 보든, 온종일 휴대폰과 함께인 사람들의 모습을 보고 있자니 한없이 피로해지기도 했다. 인스타그램, 페이스북은 그야말로 도떼기시장을 방불케 했다. '누가누가 잘났나' 하며 연휴 내내 자웅을 겨루듯 과시욕이 응축돼 SNS 서버가 폭발하진 않을지 불길한 예감도 들었다. 이쯤 되니 현대인들의 24시간 중 폰을 안 보는 시간은 깊게 잠든 1시간 정도가 아닌가 싶어진다. 꿈을 꾸다가도 폰을 찾으니 말이다.

슬프도록 외로운 섬 소록도의 연휴는 어땠을까. 우리 육지 사람들처럼 그랬을까. 아니라면, 마가렛 간호사를 내내 그리워했을까. 지금, 이 글을 쓰고 있는 상한 마음의 한 이방인이 다시 오지 않을 마가렛 간호사를 그린다. 슬픔은 아름다움을 낳는다. 천국으로 떠난 슬픈 천사의 날갯짓이 먼 이국땅에 아름다움으로 남았다.

어느 선생님의 삶이 멈춘 날

서울의 강남 한복판에서, 부임한 지 2년이 채 안 된 한 초등학교 교사의 삶이 '자의적으로' 지워졌다. 익숙히 봐왔던 대로 사망 후 우리 사회 진영은 둘로 나누어졌고, 교육계에선 서로 네 탓 공방으로 이어지고 있다.

사건이 벌어진 학교에 다니는 학생들의 학부모들은 교사의 죽음보단 본인 자식들에게 피해가 갈까 봐 노심초사하는 모습을 보이고 있다. 한 동료 교사가 카톡 프로필 사진으로 추모했더니 당장 내리라며 으름장을 놓기도 한다. 또 다른 학생의 부모는 학교 근처에서 추모를 멈추어 달라고 했는데, 이유가 아이들 정서가 위협받기 때문이라고 한다.

안타깝고, 분노하지 않을 수 없는 상황이 계속되고 있다.

유명을 달리한 그 어린 교사분도 누군가의 귀한 자제분이었을 텐데 말이다. 아이를 키워본 적이 없는 나로서는 문득 이런 생각이 든다. 학부모가 되면 왜 외골수가 되어 제 자식만 보일까 싶은. 어느 순간부터 모두가 잘 사는 세상이 아닌, 내 아이만 잘사는 세상을 만들기 위해 혈안이 된 듯 보이기도 한다.

식당을 운영해봐도 매한가지다. 가게를 어지럽히거나 접시를 깨부숴도 본인 아이만 안 다치면 그만이다. 배달을 시킬 때는 아이가 먹을 거니 서비스는 기본이며, 메뉴에도 없는 아이를 위한 무언가를 요청하기도 한다. 그들에게서 겸손이나 호혜의 마음은 찾아볼 수가 없다.

이런 극성 부모들이 학교에서는 어떨까. 모든 수단을 총동원해서 아이의 학교생활에 관여하고 보호하려 들지 않을까. 행여나 선생님께 꾸중을 듣고 온 날에는 선생님 휴대폰이 난리가 나며, 동시에 상스러운 말들과 훈계가 교차하며 교권을 뭉개버리기 일쑤라고 한다. 자식의 '인권'과 선생님들의 '교권'이 정면충돌 하는 순간이기도 하다. 일부 몰지각한 학부모들의 만행이 모두를 대변하지는 않을 거라 믿고 싶다. 다만 그 무게중심이 우리가 이상으로 지향하는 지점과 점점 더 반대로 기울어 가고 있다는 게 아프게 다가온다.

잘은 모르겠지만, 자식을 키운다는 건 아마도 마약과도 같지 않을까 싶다. 없으면 살아갈 수 없는, 참기도 힘든 그 무언가라고 할 수 있을 거란 생각이 든다. 다만 우리 사회에서 오랫동안 축적된 상식과 도덕적 가치를 저해한다면 마약을 끊을 필요가 있을 것이다. 훈련과 훈계를 통해 마약 치료를 하듯, 자식뿐만이 아닌 일부 몰상식한 학부모들에게도 많은 훈련이 필요로 해 보이는 이유다.

　과거엔 스승의 그림자도 밟지 않는다고 했다. 한데 스승을 보란 듯 때리고 죽음에 이르게 하는 지금의 우리 사회를 보고 있자면 환멸을 느끼게 된다. 이번에도 입으로는 재발 방지를 약속하고, 서로 남 탓만 하다가 시간은 흘러갈 거라 믿어 의심치 않는다. 학부모들은 제 아이만 멀쩡하면 그만일 테고….

　곱디고운 아이들과 함께했던 청량한 교실에서의 마지막은 우리에게 무얼 말해주고 싶었던 걸까. 더불어 아무도 내 편일 리 없다는 생각에 잠식되어 마지막 결단을 내리던 그 순간이 얼마나 공포스러웠을까. 사회에서 불현듯 만났다면 나의 조카처럼 어리고 고와 보였을 선생님의 명복을 빈다.

슬퍼하는 법을 배워야 한다

"어머니, 막내아들 왔어요."

주름이 자욱해진 할아버지는 73년 만에 그렇게 어머니를 목놓아 부르셨다. 전쟁통에 생이별한 어머니를 VR 영상으로 소환해 다시 만난 것이다.

공중파에서 방영된 한 다큐멘터리에서는 며칠 전 이산가족 이야기를 다뤘는데, 청승맞게 눈물이 얼마나 쏟아졌는지 모르겠다. 꾸역꾸역 혼자 살아내는 내 삶이 가엾기라도 했던 걸까. 이산가족분들의 가족애가 역설적이게도 내 마음을 웅변해 주는 것만 같았다. 뭣도 모르는 나를 말이다.

이산가족(離散家族). 한자 뜻도 애잔하다. '떠날 이'에 '흩어질 산'을 쓴다. 떠남은 물론이고 흩어지기까지 한다는 뜻이다. 세계사를 보면 이산가족과 같은 대부분 비극을 초래했던 상황들은 결국 정치에서 기인하여 전쟁으로 치닫게 됐다. 히틀러의 유대인 학살, 일본군의 난징 대학살을 비롯해 우리나라에 가해진 역사적 사실들을 보면 잘 알 수 있다. 그 결과로 작게는 개인의 삶 붕괴, 넓게는 사회의 존립을 파괴하고 인간의 기본권을 부정하게 된다.

우리나라는 1950년대 한국전쟁을 겪으며 동족상잔의 아픔을 겪었다. 3년간의 피비린내가 진동하는 전쟁의 결과로 수백만 명의 사상자가 발생했고, 남북으로 갈린 휴전의 여파로 생이별을 해야 하는 이산가족이 생겨났다. 주위 열강들의 지정학적 요소와 체제 이념 간의 간극을 좁히지 못해 그들은 근 70년간을 여전히 생이별 속에 살아가고 있다. 간간이 정치적 이벤트로 이산가족 상봉을 추진하기도 하나 너무 짧은 만남의 시간과 가족 확인 정확성, 일회성이라는 상수 등이 기대감보단 안타까움을 자아내곤 한다.

과거 남한의 어떤 할아버지는 행여나 북에 있는 딸에게 불이익이 갈까 싶어 신청을 포기했다고도 한다. 공산 치하에 꽁꽁 싸매인 채 당의 간섭을 받는 그들에게 혹시나 어떤 불이익이 생길까 싶어 그랬다고 한다.

어렵사리 만난다 한들 문제는 또 발생한다. 70년의 세월이 어릴 적 천진난만한 아이가 아닌 주름이 자욱한 노인을 만들어 버렸다. 극한 감정의 토대 위에 희미한 기억의 습작을 불러내 공통분모를 찾아가지만 별 의미가 없어 보인다. 상봉의 시간, 그리고 이제 살아갈 남은 시간이 너무 적어서다. 70년의 생이별 후에 극적인 상봉을 한들 통일이 되지 않는 이상 또다시 기약 없는 이별을 해야 한다. 그들에겐 두 번째 생이별인 셈이다. 현실적으론 이별이 아닌 사별이 맞겠다. 한번 상봉한 이산가족은 차후 중복 신청이 안 되기 때문이다. 가혹하리만큼 슬픈 일이다.

교황 프란치스코는 이런 말을 남겼다. "살아가기 어렵고 버려진 사람들이 눈물을 흘리지만, 도움이 필요 없는 삶을 영위하는 사람들은 슬픔 자체를 알 수 없다. 슬퍼하는 것을 배워야 한다."라고…

늙은 사람들에게 밤은 너무나도 길고 어두울 것이다. 더불어 그들은 70년 동안이나 반강제적으로 슬퍼하는 법을 익혔다. 정치인들, 아니, 이 나라의 위정자들이 마음속 깊이 그들의 슬픔을 새겨보길 바랄 뿐이다. 부디, 슬퍼하는 법을 배우시라!

미국 대형은행이 파산하건 말건

과거 언론사에 근무할 때 뜬금없이 해외 증시 연구원으로 인사발령을 받았던 적이 있다. 업무상 주 파트너는 미국과 영국의 '블룸버그'와 '파이낸셜타임스'였다. 당시엔 미국과 유럽 쪽 해외 출장도 잦았고, 전 세계에 내놓으라 하는 사모펀드 투자자들과 마주할 일도 많았다. 신비로웠다. 나 같은 촌놈이 CNN이나 BBC, 혹은 해외 기사에서나 보던 거물 투자자들을 만나서 이야기들을 나눌 수 있어서….

그 당시 언론사 증권부 소속 구성원들은 회사 내규로써 투자를 못 하게 되어있었다. 웬고하니 취재를 통해 투자 정보를 대부분 알 수 있기 때문이다. 인수합병이나 채권 수급, 혹은 이자율만 봐도 대충 그 기업의 상태가 보이기도 했다.

한번은 은연중에 아는 지인에게 정보를 흘렸더랬다. 지인은 내가 준 정보를 활용해 투자에 나선 지는 잘 모르겠다. 자본시장에서 돈 벌기란 이렇게나 쉽다. 정보의 비대칭성 때문에 일어나는 일들이다. 내가 아는 정보를 상대는 모르는 것, 그것이 골자다.

반면에 일반 사람들이 자본시장, 특히나 사모펀드를 접하기란 어렵다. 특수한 재벌과 기관투자자들에게 특화된 상품이기 때문이다. 일례로 과거 외환은행이 론스타라는 사모펀드에 넘어간 경우를 들면 이해가 빠를 수도 있겠다.

그만큼 자본시장은 일반 사람들이 모르게 급박하게 돌아간다. 그러다 탈이나면 일반 사람들도 함께 책임을 지게된다. 이것 또한 예를 들자면 1998년 일어난 IMF와 2000년대 초반 미국의 리먼 브라더스 사태라 할 수 있겠다.

근래 SVB, 즉 실리콘밸리은행 파산이 전 세계 화두다. 미국 연방준비은행(연준)에서 어떤 부실한 낌새가 보이니 일찌감치 파산을 시켜버린 거다. 그 즉시 뱅크런이 일어났고 미국 은행에선 수백조의 인출이 연이어 일어났다.

한데 지구 반대편의 사람들은 모른다. 오늘도 퇴근하고 삼겹살에 소주나 한잔할까 싶은 고민을 하는 거지, 미국에서 은행이 파산하고 말고 관심이 없다. 어찌 보면 나비효과를 묵인하는 꼴이다. 나비의 날갯짓 하나가 어떤 효과를 가져올지, 직접 겪어보지 못하면 모르는 거다.

과거 리먼 브라더스 사태 때 겪었던 것처럼, 당시 풋옵션으로 하락장에 투자한 극소수의 사람들은 수백억을 벌어들였지만 멀쩡한 사람들은 대부분 해고당하거나 파산한 교훈을 우리는 까맣게 잊고 있는지도 모른다.

이런 일이 데자뷔처럼 또 일어나고 있지만, 보통의 사람들은 여전히 해방을 꿈꾸며 오늘 하루의 무난한 끝을 고민하고 있다. 우리는 우리 일만 하면 되니까, 나랏일이나 외국자본의 쓰나미는 그들에게 맡기면 된다는 식이다. 그러다 탈이나면 또 그들을 탓하면 된다. 잘되면 제 탓, 못되면 조상 탓이라는 고유의 민족성이 어디 가질 않는다.

평생을 열심히 공부해서 서울대나 여타 명문대에 가도, 사회에선 그 대학 따위를 졸업했다고 말조차 꺼내질 못한다. 그 대학을 졸업하지 못한 99%를 위해 정부에선 회사 입사 때 블라인드 면접까지 도입해 버린다. 고차원 방정식을 푸는 거보다, 1+1=2라는 단순 산수식을 풀고 큰소리치는 사람이 갑이 돼버린 것이다. 위기 때마다 우리를 구제해 준 건 어쩌면 1%의 엘리트들이었는데 말이다.

미국 10대 은행인 SVB 은행이 파산하고, 근처에 있는 스타트업이 모두 줄도산을 하게 되도 우리는 너무나 평온하다. 마치 미러링처럼 25년 전 IMF 구제금융이 확정되기 전의 그 평온함과 유사한 기운이다. 이쯤 되니 세상을 움직이는 건 미국이지만, 미국을 무시하는 건 우리뿐일지도 모르겠단 생각도 든다.

나도 이제는 지구 반대편에 속해있는 구성원으로서, 불편한 뉴스엔 눈과 귀를 막고 하루하루를 살아내면 편할까. 강건너 불구경이나 하듯 SVB(실리콘밸리은행) 사태는 개나 줘버리는 것이다.

불륜에 관하여
신(神)들도 바람을 피웠으면서

그런 생각을 해본 적이 있다. 우리는 왜 낯선 것에 설렘을 느끼는 건지. 거기에서 파생되는 이상한 떨림은 어디에서 오는 건지.

영화 〈헤어질 결심〉에서 여주인공 탕웨이는 이런 대사를 남긴다.

"왜 한국에서는 결혼하게 되면 다른 사람을 사랑하면 안 되는 거예요?"

런닝타임 2시간이 넘는 영화 속 의미가 이 한 줄의 대사 속에 모두 담겨져 있다. 그리고 얼마 전 타지의 낯선 서점에서 집어 든 책 〈불륜의 심리학〉. '우리는 왜 사랑하는 사람을 두고 또 다른 사랑을 꿈꾸는가?'하는 물음에 대한 대답을 심리학적으로 풀어낸 내용이다. 책에서 불륜의 시작은 인간의 탄생부터라고 말한다. 엄마, 아빠, 자녀 이것이 삼각관계의 시작이라며. 자녀가 2명 이상 있는 집은 자녀들이 부모의 귀여움을 더 받으려고 서로 경쟁한다는 것이다.

그리고 사랑의 여러 형태에 대해 설명한다. 젊은 여자는 젊은 남자를 좋아할 거라는 것은 편견이라는 것과 그렇지 않은 경우에 관한 묘사 등. 때론 젊은 여자가 나이 많은 남자를 사랑하는 이유는 순종할 수 있어서라고도 덧붙인다.

각설하고, 그렇다면 불륜은 정말 나쁜 것일까. 불륜을 저지르며 도덕적 잣대와 감정의 잣대에서 갈등의 골이 깊어진다면 균형추는 어디로 기우는 게 정의롭다고 할 수 있을까.

민주주의 국가에서는 불륜을 법으로 금지했지만, 고대 원시시대나 왕정 시대에서는 불륜으로 인해 어쩌면 권세가 유지됐었는지도 모를 일이다. 그렇다면 풍선효과(balloon effect)처럼 한쪽을 꾸욱 누르면 또 다른 한쪽이 불쑥 튀어나오는, 그런 역효과를 요즘 시대처럼 도덕과 법의 잣대로만 짓누른다면 인간의 욕망은 어떻게 해소될 수 있을까.

우리는 어린 시절 학교에서 공산당, 혹은 공산주의는 무조건 나쁜 거라고 배워왔다. 마르크스와 레닌이 주창한 '나쁜 공산주의'는 그럴지도 모르겠다. 그런데 만약, 아주 만약에 유토피아적인 공산주의라면 어떨까. 공산주의, 즉 전체주의에서 최고 권력자의 지혜로 모두가 잘 사는 동화 같은 나라라면, 우리는 그런 공산주의도 나쁘다고 할 수 있을까.

도덕과 법의 논리 쪽으로만 함몰된 사회에서 인간의 본성과 욕구가 설 자리는 점점 희박해지는 것만 같다. 어쩌면 내가 가질 수 없는 이상(理想), 즉 불륜 따위에 매료되는 과정에서 진정한 사랑을 느끼게 될 수도 있지 않을까?

파괴적인 사랑은 경계하되, 궁극적으로 건강하고 안정적인 그 무언가의 관계가 이루어질 수 있는 시대가 왔으면 좋겠다. 결혼하는 순간 다른 사람을 사랑하면 안 되는 고질적이고 진부한 인간의 사랑은 지루하기 짝이 없는 것만 같다. 지키지도 못할 거면서 말이다.

게다가 신(神)들도 바람을 피웠으면서…

한자 공부를 해야 하는 이유

어제는 늦은 밤 1980년대 홍콩 분위기가 물씬 풍기는 객잔에서 지인과 술을 한잔했더랬다. 테이블은 3~4개가 전부였고, 스피커에서는 그 시절 즐겨들었던 〈화양연화〉, 〈중경삼림〉, 〈첨밀밀〉 등의 OST가 흘러나왔다. 가사는 모르지만, 음과 리듬은 분명히 알고 있는, 어느새 그 노래들을 흥얼거리며 따라 부르고 있었다.

가게 이름과 더불어 벽면에 큼지막하게 써있는 한자들도 눈에 띄었다. 한자를 모르면 가게 이름을 알 수조차 없음에, 나는 괜스레 실소가 지어지기도 했다. 그러다 기어코 질문이 들어온다. 저 벽면에 써있는 4음절의 한자가 무슨 뜻인지 아냐며. '치! 나 이래 봬도 한자 1급 자격증 소유자야!' 하며 위세 당당하게 한자를 들여다봤다.

그렇게 계속 들여다봤는데, 도무지 마지막 한 음절이 무엇인지 생각이 나질 않았다. '관'인가, '로'인가, 뭐지…. 애초에 모르는 한자어는 분명 아닌데 무지해진 건지, 까먹은 건지 알 길이 없었다.

나는 학창 시절 한자 공부를 할 때 무작정 외우는 방식보다 부수와 형상을 그리면서 한자를 익혔던 것 같다. 그래서 부수를 통해 어려운 한자 뜻들도 곧잘 유추하곤 했는데, 그동안 얼마나 공부를 하지 않았으면 이 조차의 뜻도 모를까 하는 부끄러움이 마구 들었다.

언젠가 조카가 학교에서 배운 거라며 나한테 '가렴주구(苛斂誅求)'라는 사자성어 뜻을 물어온 적이 있었다. 그래서 나는 알면서도 모른 척을 해봤다. 그러더니 조카가 뜻을 알려준다. 사전적인 뜻은 세금을 가혹하게 거둔다는 뜻이다.

그즈음 나는 조카에게 되물었다. 그럼 이 사자성어 유래를 아냐고. 이 유래를 삼촌이 '영어'로 설명해볼게, 하며 나는 공자(Confucius)를 들먹이면서 설명을 해줬던 기억이 있다. 조카는 토끼 눈이 되어 놀란다. 나는 말했다. "삼촌이 돈가스만 튀기고 술만 먹는 줄 알았지? 하하~

한자는 이토록 우리 삶 속 깊숙이 스며들어 있다. 우리

말 자체가 한자에서 파생되었다고 해도 과언이 아님은 물론이다. 가령 우리가 매일 신는 '양말'도 한자어다. '洋 큰 바다 양'에 '襪 버선 말'을 쓴다.

더불어 변호사, 검사, 판사, 의사 등등 소위 '사'자 직업을 가진 직군의 한자어 '사'자도 모두 다르다. 한자를 알아야만 그 직업들의 의미도 더 명확하게 알 수 있는 것이다.

어제 내가 한자를 이토록 몰랐다는 걸 깨달으며 앞으로 강연할 때나 후배들 앞에서 한자 공부를 강조하지도 못하게 됐다. 그토록 한자 공부를 강조한 과거의 나날들이 부끄럽기까지 하다.

다시 공부해야겠다. 모르는 건 어쩔 수 없지만, 알려고도 하지 않는 건 진정 몰명진건지도 모르기 때문이다. 참, 몰명(沒明)지다는 말은 제주 방언으로 멍청하다는 뜻이다.

그게 어떻게 가능해?

우리는 보통 교육의 최종 목적지를 '취업'에 두고 있다. 의사, 변호사가 됐건 대기업사원, 공무원이 되건 그 종착지는 취업으로 귀결이 된다. 그러기 위해서는 중간 경유지인 대학이 중요한데, 좋은 대학에 가기 위해서는 그 디딤돌이라 할 수 있는 중고등학교에서 내실을 잘 다져야 한다.

그렇다면 이 과정들을 보통의 사람들 기준으로 한번 볼 필요가 있겠다. 평균 수준의 대학을 졸업하고, 일정 수준의 규모가 있는 기업에 취업한 사람들 기준이면 되지 않을까 싶다. 초봉은 3,500만 원 정도로 가정을 해보자. 그럼 실수령액은 280만 원 정도. 어른들과 스승들의 말씀대로 열심히 공부해서 어렵사리 취업했는데, 본 게임은 이 연봉으로부터 시작이 된다. 이 돈을 잘 구슬려 서울에 정착해 연애하고 결혼도 해야 한다. 그럼 당연히 5~6억을 호가하는 저렴한(?) 아파트 한 채를 구해야 하며, 아이를 낳으면 육아비며 교육비며 또 한아름 걱정거리를 안게 된다.

이때부터 나는 궁금증이 생긴다. 이 돈으로 사람다운 서울 생활이 가능한가, 싶은. 그런데 어떤 이면에는 또 다른 광경이 펼쳐진다. 나는 가끔 얄궂은 시선으로 세상을 바라보곤 하는데, 그 세상은 죄다 평일에 두어 번은 필드에 나가서 골프를 치고, 명품 쇼핑을 하며, 한 끼에 수십만 원대는 아랑곳하지 않는 듯 음식을 소화하는 사람들이 즐비해 보인다는 것이다. 옷도 화려하다. 치마는 짧을수록 좋고, 브랜드는 고가일수록 폼이 난다. 차는 BMW 정도는 이제 명함도 못 내밀게 되었다. 벤틀리나 롤스로이스 정도는 되어야 그들과 급이 얼추 맞아 들어간다.

일과의 시작은 골프다. 사진을 찍으러 가는 건지, 운동하러 가는 건지 알 길은 없지만, 그들은 보통의 사람들은 얼씬도 못 하는 필드를 무대 삼아 그들만의 리그를 펼친다. 골프를 치고 나면 이제 뷰와 고급스런 인테리어가 장착된 어느 레스토랑으로 이동한다. 테이블 옆엔 고가의 명품백과 차 키 등을 두고 음식이 나오기 시작하면 요란스럽게 사진을 찍어댄다. '내 수준은 이정도야.' 하는 탄성이 나올 만큼 폰의 셔터는 쉴 새 없이 쏟아진다. 가급적이면 명품 요소들이 사진 한 장면 안에 보일 듯 안보일 듯 모두 담기는 게 중요하다.

이제 인스타그램이나 페이스북에 업로드 할 시간이다. 해시태그는 #나는골린이, #가평CC, #청담동레스토랑 등으로 하면 되겠다. 사진이 업로드되자마자 수많은 민초들은 '좋아요'를 마구 눌러댄다. 그들의 '시녀'가 된 마냥 누군가는 그들을 동경할 테고, 또 다른 누군가는 그들을 시기 어린 눈으로 바라볼 수도 있겠다. 이렇게 또 그들의 하루는 갈무리되어간다. 낼모레즈음 이 생활을 반복해야 되는 기대감에 그들은 오늘도 골프채를 쓱싹쓱싹 닦으며 유일한 노동력을 발휘하고 있을지도 모르겠다.

나는 묻고 싶다. 이런 삶이 가능해지려면 어떻게 살아가면 되는지. 시기나 질투의 개념이 아니다. 나는 앞서 말한 것처럼 보통의 삶을 살아온 거 같은데, 보통의 삶을 살아서는 아무리 골몰을 해봐도 이런 삶을 살아낼 수가 없기 때문이다. 대기업을 다니고 월에 200만 원씩 꾸준히 적금을 들며 부지런을 떨어도 어림이 없었다.

'정말이지 어떻게 그게 가능해?'

비 내리는 창밖을 보며 나는 오늘도 이런 생각을 해본다. 부모의 은덕? 혹은 돈벼락? 당사자들의 속 시원한 대답이 나는 언제나 기다려진다. '자수성가'라는 삼척동자도 믿지 않을 궤변은 늘어놓지 말았으면 좋겠다.

부모의 건물을 물려받은, 일차방정식의 함의조차 모르던 내 소꿉친구는 비 오는 오늘도 필드에서 즐거운 나날을 보내고 있나 보다. 그의 아내와 아이들도 덩달아 즐거운 모습을 보니 나도 즐거운 척을 아낌없이 해야겠다.

재벌 집 도련님에게 시집간 한 여동생은 2억을 호가하는 G-바겐 차량에 기스가 살짝 났다며 인스타그램에 울상을 해놓았다. 나도 같이 슬픈 척을 해줘야겠다.

삶은 이렇게 살아갈지언데, 돌아가실 때조차도 한 줌의 빗밖에 남겨주지 않은 우리 아버지가 오늘만큼은 참 밉다. 오늘만 미워하고 내일부터는 다시 그리워하며 살 거다.

송충이는 솔잎을 먹고 살아야 한다는 사실을 나는 한순간도 잊어본 적이 없다. 다만 그들이 사는 세상의 일원이 될 방법을 알려준다면, 나는 꼭 도전해보고 싶다.

'캡틴 아메리카'로부터

밤늦게 저 멀리 미국에서 전화를 걸어온 친한 누님과 2시간 가까이 통화를 했다. 시간이 정반대이다 보니 여기는 밤12시가 지나고 있었고, 누나는 이제 출근해서 티타임을 가지고 있다고 했다.

누나는 미국의 한 유명 대학병원에서 근무하고 있는데, 자본주의 색이 또렷한 미국에서는 흔히 말하는 엘리트층에 속해 군더더기 없는 삶을 영위하고 있는 걸로 알고 있다. 미국으로 이민 간 지는 20년이 넘었고, 현지인을 만나 결혼해 지금은 두 자녀를 양육하며 근사한 하루들을 일궈낸다.

통화는 이런 식으로 가끔 하게 된다. 어쩌다 휴가가 맞아 내가 미국으로 가거나 누나가 한국으로 들어오면 만나기도 한다. 한국어가 서툴러 대화의 태반은 영어로 할 때도 있고, 그런 식이다. 언어라는 게 계속해서 진일보 하기 때문에 현지에 사는 누나랑 대화하다 보면 나도 잘 몰랐던 본래 표현을 습득할 수 있는 장점 또한 있다.

누나는 언제나 내 안부를 여쭤봐 주신다. 요즘은 괜찮냐며, 혹시나 아플까 봐, 행여나 혼자 외로워하고 있을까 봐, 늘 들여봐 주신다. 매사가 낙천적인 누나는 마법 같은 대화의 너울로 내가 방향타를 잃지 않도록 조언도 아끼지 않으신다. 10분을 이야기해도 불편한 사람이 있고, 2시간을 떠들어도 10분을 이야기한 마냥 편한 이가 종종 있다. 나도 그렇고, 웬걸 누나도 그렇단다. "그럼 우리 일찍 만났으면 연인이 되었어도 좋았겠네(Maybe we could be lover for each other)!" 하며 농을 섞기도 한다.

누나 덕에 매번 피부로 접하지 못하는 '초강대국' 미국 문화도 마치 현지에 있는 것처럼 바로미터로 알아갈 수가 있다. 예컨대, 부모·자식 간에 지녀야 할 예절(attitude)과 부동산 문제, 미국 사교 문화와 인종, 정치 문제 등이 그러하다. 얼마 전 이직을 한 누나의 이직 스토리 또한 내가 알지 못한 그 무언가의 이슈들이 복합되어 있어 또 다른 정보들을 알 수가 있었다.

나는 가끔 강의 때 학생들을 만나거나 후배들을 만나면 가급적 미국을 여행해보거나 탐구해보라는 이야기들을 많이 한다. 전 세계 1등 국가여서 그런 것도 있지만, 우리나라보다 대략 20년은 앞서가고 있기 때문에 미국을 정밀하게 들여다보면 우리의 미래를 반추해 볼 수 있기 때문이다.

　얼마 전 미국 유력 일간지 〈워싱턴포스트〉에서는 대한민국의 명품 열풍에 관한 칼럼을 적나라하게 다뤘다. 그들이 보니 웃기지도 않는 거다. 대학생들 사이에도 수백만 원을 호가하는 명품 가방 하나 없는 이가 드물고, 연애의 목적이 명품을 득하기 위함으로 둔갑하는 행태도 종종 보인다고 지적한다. 대한민국 SNS는 명품과 사치로 얼룩진 대회의 장이 돼버린 지도 오래라며 비판을 이어갔다.

　서열 문화라고 할까. 제 수준을 훨씬 벗어난 명품 치장에 잠식된 대한민국은 본인의 사회적 수준보단 남들에게 뒤처지기 싫은 그 무언가의 욕망이 뿌리 깊게 박혀있기 때문일지도 모르겠다. 몇몇 사람들은 샤넬이나 루이뷔통을 둘러메고 결혼식이나 모임에 등장하면 그걸로 서열이 매겨진다고 생각을 하는 모양이다.

　과거 배우 강소라가 허름한 원피스를 입고 시사회장에 나타난 적이 있다. 대중들은 당연지사 톱스타가 입은 원피스니, 명품인 줄 알고 그 서열에 본인도 끼워맞추려 원피스 구매처를 알아보려 난리가 난 사례가 있다. 그런데 이후 강소라는 어느 매체와의 인터뷰에서 그 원피스는 사실 시장에서 산 2만 원짜리 보세라고 밝혔다. 그런 것 같다. 본인이 명품이 되면 2만 원짜리 보세를 걸쳐도 명품이 될 터이고, 그 반대 경우라면 수백만 원을 호가하는 헤르메스를 감싸도 돼지 목에 진주목걸이를 맨 모양새가 되는 것이다.

누나는 올 연말쯤 한국에 오면 가장 먼저 한강에 가서 자판기 커피를 먹어보고 싶다고 한다. "누나, 요즘은 시대가 바뀌어서 한강에서 라면 먹는 게 유행이야!" 했더니 "그것도 낭만 있겠다." 하며 긴 대화를 갈무리 지었다.

전 세계를 주도하는 '캡틴' 미국의 낭만과 대한민국의 낭만은 이토록 결이 다른가 보다. 틈틈이 진주목걸이를 꿰야겠다.

오펜하이머의 번뇌

우주의 힘을 응용하여 상대성 이론과 양자역학을 집대성한 불멸의 천재 아인슈타인. 2차 세계대전 당시 실라드 레오라는 물리학자가 나치의 핵무기 개발에 대항하여 미국도 연구를 시작해야 한다는 내용의 편지를 썼고, 이 편지는 아인슈타인의 서명과 함께 루즈벨트 미국 대통령에게 보내지게 된다. 이것이 영화 〈오펜하이머〉의 얼개를 그리는 '맨하탄 프로젝트'의 시작이다.

이후 핵실험을 거쳐 1945년 8월 6일 히로시마에, 3일 뒤인 8월 9일엔 나가사키에 원자폭탄이 실전 투하됐다. 폭발로 인해 약 11만 명이 즉사했고, 10만여 명은 방사선 피폭으로 인해 며칠 뒤 마찬가지로 사망했다. 이후 일본은 조건 없는 항복으로 패전 선언을 했고, 2차 세계대전은 그렇게 끝이 났다. 일본의 패망과 함께, 8월 15일 우리나라도 해방을 맞이하게 됐다.

여기까지가 영화 〈오펜하이머〉를 보기 전 최대한으로 끌어냈던 나의 배경지식이다. 영화 대부분은 주인공 오펜하이머의 윤리적 갈등이 차지한다. 원자폭탄 개발에 대한 번뇌와 인간에 대한 연민이 함께 작용하는 모습이다.

여기서 가정을 해보게 된다. 만약 원자폭탄을 투하하지 않았다면 일본이 항복했을까, 하는. 전 세계를 집어삼키겠다던 일본의 야욕을 당시 어느 국가가 제지할 수 있었을까, 싶은…. 또 하나, 핵분열 반응을 이용하여 폭발을 일으키는 원자폭탄은 개발이 됐는데, 그보다 폭발력이 수십 배는 강력한 핵융합을 기초로 하는 수소폭탄의 개발은 왜 시도하지 않았는지….

전후 조사 과정에서 오펜하이머는 그에 관한 고민을 표출한다. 참석한 한 관계자가 그에게 질문한다. 그럼 히로시마보다 규모가 더 큰 도시였다면 수소폭탄을 투하했을 것이냐며. 오펜하이머는 입을 꾹 다물게 된다.

영화는 많은 질문을 던진다. 기술개발은 오펜하이머에 의해 이루어졌는데, 투하 결정은 당시 미국 대통령인 트루먼

이 내렸다. 그럼 정치적, 혹은 도덕적 책임은 누구에게 있는 걸까?

냉전 이전에 소련은 독일과 일본에 맞서려 연합국, 즉 미국 편에 섰었다. 그러다 2차 대전 후 미국과 이념 대립으로 인해 전 세계를 양분하며 냉전 시대로 접어들게 되었다. 일본은 패망 후 적대국이었던 미국과 둘도 없는 동맹국이 되었다. 세계사의 아이러니다. 모두 원자폭탄 기술력이 만들어놓은 세계질서의 재편이라고 볼 수 있을지도 모르겠다.

내가 아는 인류 역사상 최고의 천재 아인슈타인은 영화에서 오펜하이머에게 조언한다. "세상이 자네를 충분히 고통스럽게 벌하고 나면, 언젠가 이 세상은 자네를 불러 성대한 연회를 개최할 걸세. 그 모든 것은 자네를 위한 게 아닐세. 그들이 자신들 스스로에게 베푸는 것이지." 우주를 축약한 〈상대성 이론〉 발표 뒤 본인이 겪은 고뇌를 또 다른 천재인 오펜하이머에게 전해주는 모습이다.

이렇듯 천재들의 일생은 언제나 잔혹 동화처럼 끝이 난다. 그 중심에는 위정자들이 있고, 정치가 작용한다. 정치는 항상 편을 갈라 싸우고, 내 편이 아닌 건 아무리 선할지라도 모두 부정한다. 미국의 제2대 대통령 존 애덤스는 "다른 모든 과학은 진보하는데, 정치만은 3~4,000년 전과 거의 차이가 없다'라고 일갈했다.

"난 이제 죽음이요, 세계의 파괴자가 되어버렸다."라며 회상했던 오펜하이머. 역설적이게도 그의 번뇌와 결단이 어쩌면 세계대전의 종전과 우리나라의 해방까지도 가져왔는지 모르겠다.

그렇다면 원자폭탄을 개발한 그는 결국 인류에 나쁜 사람일까, 좋은 사람일까. 평가만큼은 핵폭탄 이후의 시대를 살아갈 미래 사람들의 몫으로 남겨둬야겠다.

러브 윈즈 올(Love wins all)

얼마 전 한 언론사에 의료 파동 관련해 외부 필진 자격으로 기고 글을 하나 보냈다. 그런데 내부 편집 방향과 상이했는지, 결국 지면에 실리지는 못했다. 담당 편집장께서는 정부 비판 목소리를 내려 의사 입장에 조금 더 무게를 실으려 했는데, 나는 그 반대의 톤으로 글을 다뤘기 때문이라고 설명을 해주셨다.

조금 의아하긴 했다. 나는 이제 소속된 기자도 아닌 자유인인데, 내가 해당 언론사의 성향까지 이해해야 하는지 말이다. 그래도 이미 쓴 글이 사장되는 게 아까워 페이스북과 인스타그램에 간단히 추려서 업로드를 했다. 인스타에는 맛있는 음식이나 본인 일상을 뽐내는 사진을 올리는 게 마땅한데, 나 같은 사람은 매번 재미없는 글이나 올리고 있으니 인기가 없는 이유를 나도 잘 알 수 있을 것 같다.

각설하고, 페이스북에 글을 올렸더니 현직 의사분들의 댓글이 달렸더랬다. 조목조목 반박을 해주시는 분도 계셨고, 긴 안목으로 미래를 바라보고 계신 의사 선생님도 계셨다. 무엇보다 반가운 마음이 컸다. 보통 SNS에서는 "너무 예뻐요!!", "이 호텔은 어디에요?", "나는 골린이 ㅠㅠ", "우리 안 본 지 백만 년!!" 등 현실에서는 감히 내뱉지도 못할 오글거리는 댓글들이 주를 이루는데, 의사분들과 댓글로써 토론을 할 수 있어서 생경하게 다가왔다.

나는 토론을 참 좋아한다. 대학에서도 그랬고, 특히나 대부분의 수업이 토론으로 이뤄졌던 유학 시절과 회의가 업무의 주를 이뤘던 언론사 시절도 매한가지였다. 과거 공중파에서 생방송으로 진행되는 토론회에서 국회의원분들과 설전을 벌였던 일은 아직도 가슴을 출렁이게 만든다. 그땐 무슨 배짱이었는지.

어제 댓글과 씨름하며 현직에 계신 의사 선생님들의 말씀을 곱씹어보면, 어떤 한 가지 사안을 바라보는 관점이 이토록 판이할 수 있음을 다시 한번 느끼게 됐다. 물컵에 물이 반이 차 있는 모습을 보며, 누군가는 '물이 반이나 차 있네!' 하며 감격하는 반면, 또 다른 누군가는 '물이 반밖에 없네!' 하며 실망할 수도 있다는 것이다.

그 간극은 토론으로 메꿀 수 있을 터인데, 우리 사회는 여전히 토론에 익숙지 않다. 내 말을 듣지 않거나 생각이 다른 상대는 찍어누르거나 좌표를 찍어 적으로 간주한다. 그리고 그 상대가 나락으로 떨어질 때까지 저주를 퍼붓는다. 이젠 엔터테인먼트의 한 요소가 된 마냥 이 상황을 즐기며 목도하는 지경까지 이르렀다.

혐오의 시대가 됐다. 남녀 간에, 선생님과 학부모 간에, 종교 간에, 인종 간에, 지역 간에, 세대 간에, 거의 모든 분야에서 우리는 서로를 혐오한다.

가수 아이유는 이번에 발매한 신곡 〈love wins all〉에서 이렇게 노래했다. '적의와 무관심으로 점점 더 추워지는 잿빛의 세상이며 대 혐오의 시대'. 그리고 이를 사랑으로 이겨내자고 제안했다. 약관 서른의 나이밖에 되지 않은 아이유에게서 한 수 잘 배우게 된 셈이다. 혐오와 갈등, 해답을 찾을 수는 없다. 토론도 마찬가지다. 해답을 찾자고 하는 것들이 아니다. 그 과정 중에서 우리는 진화를 거듭하는 것이다. 상대의 말에 귀 기울이고, 내가 틀릴 수도 있다고 생각하는 것이 그 첫걸음이 되지 않을까 싶다.

아이유의 말처럼, 모든 걸 이겨낼 수 있는 건 결국 혐오가 아니라 사랑인지도 모르겠다.

창백한 푸른 점

"선생님, 저와 제 동생을 구해주면 당신의 노예가 되겠습니다."

얼마 전 새벽 튀르키예와 시리아에서 일어난 대지진의 건물 잔해 속. 그 속에 17시간 동안 깔려있던 소녀가 구조대원에게 한 말이라고 한다. 이 말은 아랍권에서는 감사의 뜻을 의미한다고 하는데, 언뜻 들어보면 오해할 여지도 다분해 보인다. 다행히 남매 둘은 모두 구조됐지만, 부모는 사망했다고 한다. 유례없는 도시 한가운데에서의 대지진으로 인해 온 세계가 구호물자와 구조대를 급파하고, 이따금 들려오는 절박한 소식과 사진에는 함께 눈물을 흘리고 슬퍼하곤 한다.

여기에서 우리는 잊고 있었던 사람의 온기와 공동체의 유대를 느낄 수 있게 된다. 비극 속에서 생각이 드는 모순과도 같다. 어쩌면 오셀로(Othello)와 맥베스(Macbeth)를 보며 느껴지는 모순처럼 말이다.

　아인슈타인은 꿀벌이 사라지면 4년 안에 인류도 멸종한다고 경고했다. 언론에도 종종 기사화되지만, 2년 전부터인가 꿀벌이 보이질 않고 있다.

　도시 한가운데에서는 대지진이 일어나고, 중국과 러시아에서는 기온이 영하 80도까지 떨어지기도 했다. 미국에서는 이상 기온으로 산불과 홍수가 수시로 일어나기도 한다.

　이상하다. 미국 항공우주국인 나사(NASA)에서는 태양계 외곽인 해왕성 궤도 밖에서 보이저2호가 찍어 보낸 사진 속 지구를 '창백한 푸른 점(Pale blue dot)'이라 명명했는데, 그 점이 마침표를 뜻하는 점은 아니어야 하겠다.

　내 소설 속의 마침표도 아직 찍지 않았는데, 하등 할 이야기들이 아직 많이 남아있는데, 창백한 푸른 점이 그 빛을 너무도 무기력하게 다하는 일은 없어야겠다.

　칼 세이건은 그의 역작 『코스모스』에서 역설했다. 우주의 역사(150억 년)를 1년으로 줄인다면 지구의 탄생은 9월 중순께 어느 날에 일어난 사건이 되고, 그 후 10일쯤 지나서

최초의 생물이 싹트며, 인류가 불을 길들여서 이용해 온 시간은 12월 31일의 마지막 15분 정도에 지나지 않는다고.

그렇다면 우리는 그 짧은 15분 동안 이토록 아름다운 지구에 얼마만큼의 난도질을 해놓은 걸까.

칼 세이건은 우주 속 작은 지구에 살며 아내 앤 드루이언에게 이런 말을 헌정하기도 했다.

"헤아릴 수 없이 넓은 공간과 셀 수 없이 긴 시간 속에서 지구라는 작은 행성과 찰나의 순간을 그대와 함께 보낼 수 있음은 나에게 큰 기쁨이었다(In the vastness of space and the immensity of time, it is my joy to share a planet and an epoch with Annie)."

하수상한 오늘, 가급적이면 사랑하는 사람과 얼마 남지 않은 시간을 기쁨으로 가득 채우며 살 수 있길 바라본다. 그럴 수만 있다면 나도 당신의 노예가 되어도 괜찮겠단 생각이 든다.

대한민국에도 가을이 올까

어쩌다 마주한 사진 한 장. 비가 억수같이 내리는 날 폐지를 주워 리어카에 싣고 가는 어르신 옆에서 본인 우산을 씌워 주는 한 여성의 모습. 우리 사는 세상에 사진 속의 여성 같은 분이 계신다는 게 이제는 놀라울 따름이다.

'오직 내 아이만 괜찮으면 돼!'라고 외치며 교육의 뿌리를 쥐고 흔드는 상식 밖의 부모들이 판치는 곳에서, 무고한 사람들이 다치고 죽어 나가도 책임지는 사람 하나 없는 공직 사회가 버젓이 사회를 지탱하는 곳에서, 일본을 숭배하는 이상한 보수 정치인들과 북한을 찬양하는 가짜 진보의 틈에 서 있는 이곳, 오늘날 대한민국에서 말이다.

대한민국의 안보를 책임지는 국방부에서는 한 여기자가

홍범도 장군 흉상 논란에 대응하여 울먹이며 대변인께 이렇게 질의응답을 이어 갔다.

"자유민주주의가 어디에서 근거한 겁니까?"

"무슨 말씀이신지?"

"자유민주주의를 수호한다고 말씀하셨는데, 이 문구가 어디에 등장하는 겁니까? 헌법에서 온 겁니까?"

"그렇겠죠."

"이 자유민주주의가 유신 헌법에서 온 거 아십니까?"

"잘 모르겠습니다."

"……"

"우리 헌법에 자유민주주의는 이념을 배제하지 않는다고 명시되어 있습니다. 북한식 사회주의만 배제하는 거죠. 그런데 북한식 사회주의가 등장하기도 전인 50년도 더 전에 사망하신 홍범도 장군이 북한식 사회주의를 추종한다고 보시는 겁니까?"

"더 이상 드릴 말씀이 없습니다."

대변인은 도망치듯 장막 속으로 사라지고 질의응답은 그렇게 끝이 났다. 여기자도 떨리는 목소리를 가라앉히고 자리를 떴다. 무슨 말이 더 필요할까? 나라의 안보를 수호하는 국방부에서조차 대통령을 감싸느라 이 난리법석을 떨고 있는 대한민국인걸.

비가 그치고 이제 어느덧 가을이 손짓하는 경계의 계절에 다다랐다. 언젠가 우리 사는 세상에도 봄이 올 거라는 믿음을 준 사진 속의 여성분으로부터 성찰의 묘를 한 수 잘 배우며….

이제는 '슈퍼스타' 손흥민을 놓아줄 때

영국의 언론 매체 '더 선(The Sun)'은 황색 언론(yellow journalism)으로 잘 알려져 있다. 즉 독자를 끌어들이기 위해 선정적이고 비도덕적인 기사들을 과도하게 취재해 보도하는 데에 중점을 두는 매체라는 뜻이다.

2023 아시안컵 대회가 끝나고 며칠 뒤 이 매체에서는 대한민국 축구협회 관계자의 말을 빌려 손흥민과 이강인 선수 사이에 다툼이 있었다고 보도했다.

'더 선'의 기사를 이날 오후 늦게 인용해 보도하기 시작한 대한민국의 언론은 처음엔 대수롭지 않게 여겼다. '황색 언론'이니까 '찌라시' 정도로 취급했지 싶다. 그 사이 대한축구협회 관계자는 기다렸다는 듯, 두 선수 사이의 다툼을 사실이라며 인정해버렸다.

언론들이 바빠졌다. 찌라시가 사실로 드러나는 순간이다. 그것도 대한민국을 대표하는 두 인기 선수 사이에 일어난 주먹 다툼이라니. 한술 더 떠 나이가 10살 차이가 나는 선후배 사이에 먹살을 잡고 주먹질을 했다니. 솔깃해졌다. 황색 언론의 태생적 한계를 메이저 언론의 신뢰가 계상해주는 꼴이 돼버렸다.

이번 사건을 시계열 순으로 풀어보면 심플하다. 한두 명 특출난 선수의 기량과 운빨로 일주일 전 막을 내린 아시안컵 대회 4강까지 올라갔지만, 4강에서 상대적 약체인 요르단에 유효슈팅을 한 차례도 때리지 못한 채 완패했다. 패배도 문제지만 경기력과 대회가 끝난 후 클린스만 감독의 태도로 국민은 분노와 공분을 자아내기 시작했다.

이후 시작된 경질론. 여야 할 것 없이 거물 정치인들까지 나서서 경질을 촉구하기 시작했다. 그런데 정작 키를 쥐고 있는 협회의 수장은 뒷짐을 지고 꿈쩍을 하지 않는다. 그 사이 클린스만 감독은 귀국 이틀 만에 자택이 있는 미국으로 '먹튀'를 한 상태이고, 이틀 만에 협회 관계자의 입에서 손흥민과 이강인의 다툼이 발설됐다.

결과적으로 협회의 전술은 기민하고 영리했다. 운동장에

서는 보여주지 못한 전술을 언론을 통해 보여주게 된 셈이다. 오늘 보도 이후 모든 화살은 클린스만 감독에서 이강인 선수에게로 뻗어나가고 있다. 대한민국 정서상 '하극상'은 그 어떠한 경우에도 용서가 되지 않기 때문이다. 협회의 수장은 쏙 들어가 버렸다.

이강인도 여론이 심상치 않자 바로 인정하고 사과했다. 사과의 온도는 잘 모르겠다. 워낙 어린 나이에 슈퍼스타가 되다 보니 팬심을 등에 업은 교만함이 있을 법도 해보인다. 프리미어 리그 득점왕이며 대한민국 대표팀 주장에게 주먹질할 정도면, 국내 K리그에서 뛰고 있는 선배들에게는 평소에 어떻게 대했을까 싶다. 불 보듯 뻔해 보인다.

손흥민은 우리나라 대표팀이 성과를 냈을 때나, 혹은 실패를 했을 때나 항상 국민과 함께 울고 웃었다. 이번 아시안컵 대회를 마치며 처음으로 국가대표팀을 계속해야 할지 고민이 된다는 그의 말을 이제서야 곱씹어보게 된다. 이제 손흥민을 국가대표팀에서 놓아줄 때가 아닌가 싶다. 이정도면 됐다.

신사는 숙녀가 필요로 할 때 떠나지 않는다

명절 대목이 다가올 때면 저 멀리서 고향을 찾는 친구 몇몇과 선배들의 연락이 수일 전부터 시작된다. 나한테 연락하는 목적은 딱 하나로 수렴이 된다. 고향에 있는 아는 '여사친'들을 섭외해서 같이 술 한잔하자는 간절함의 호소다. 결혼한 본인들이 자리를 마련할 일이지, 매번 혼자 사는 나한테 이러는 이유는 여전히 모르겠다.

모쪼록 동서고금을 막론하고, 고대까지 거슬러 올라가더라도 남자들의 여자 탐닉은 변치 않는 고상한 진리인 것만 같다. 나도 매한가지인 건 당연하다. 남자뿐만이 아니다. 여자라고 하더라도 그 본능이 사그라지진 않는다. 드러냄의 정도에서 차이가 있을 뿐이지. 그런데 결혼이라는 제도 안에 그들을 가둬놓다니, 시대가 인간 본능을 따라주지 못하는 감도 없지 않아 든다.

　우리 사는 사회에 결혼이란 제도가 과연 최선일까? 사람은 본능적으로 친구의 친구에게 마음이 갈 수도 있고, 임자가 있는 그 누군가에게 매료될 수도 있음이 분명한데, 그 본능을 결혼이란 제도와 규칙으로 억제하는 게 정의로운 걸까. 어린 시절부터 그토록 다양한 경험을 중시하고 창의성을 강조하면서, 왜 이성만큼은 평생 한 사람만 바라보도록 사회의 틀을 짜 맞춰 놓은 걸까. 다윈은 〈진화론〉에서 왜 이 부분에 대해서만큼은 미래를 내다보지 못했을까.

　시대에 맞지 않는다는 건 기술의 발전과도 상관관계가 있다. 기술의 정점에 서 있는 스마트폰이 그것이다. 초연결 사회에 살다 보니 우리는 상대의 과거와 현재를 대부분 알 수 있다. 그러다 보니 기술과 비례해 의심이 커지게 된다.

　내 상대만큼은 지조와 절개를 지킨 사람이었으면 하는 바람이 있는데, 그런 사람은 이 시대에 눈 씻고 찾아봐도 없다. 이제는 과거 어느 시점에 여자친구와 나눴던 이런 대화도 을씨년스럽게 느껴진다.

　"오빠는 과거에 여자 몇 명 사귀어봤어?"

　"뭐 그냥, 서너 명? 하하~"

"거짓말하고 있네!! 그럼 그분들하고는 다 잤겠네?"

"쓸데없는 소리 한다. 그럼 사귀는 친구랑 자겠지. 넌 안 자?"

"나는 진짜 좋아해야 자거든!"

"너 나랑 처음 만난 날 자놓고선 무슨?"

"그건 오빠니까 잔 거고!"

군이 나의 경우가 아니더라도 이와 같은 대화의 결에 공감하는 연인들이 많을 것만 같다. 이토록 내로남불의 정점에 서 있듯 사람들은 '순결의 묘'를 바라지 아니할 수 없는 모양이다.

우리 사는 사회에 청백리는 없다시피 하며, 사랑할 땐 누구나 최악이 되지만, 특별한 날은 이성들과 함께 어울리고 싶은 마음만큼은 여전히 든다. 지구상에 두 개의 성별뿐이니 하나의 성별을 또 다른 성별이 위로하고, 보다 풍족한 마음으로 함께할 수 있다면 어떨까 싶다. 한남충, 김치녀 하며 서로 비아냥대는 거, 이제 그만할 때도 됐다.

언제나 내가 바라 마지않던, 신사는 숙녀가 필요로 할 때 떠나지 않는다는 마음을 곱씹어본다.

'어른 아이'와 '진짜 아이'의 경계에서

기원전 바빌로니아인들이 만든 함무라비 법전의 282조 항은 '살인자는 사형에 처한다', '남의 눈을 상하게 한 사람의 눈도 상하게 해야 한다'처럼 탈리오의 법칙을 담고 있다. 기원후 2024년을 지나고 있는 오늘날 대한민국에서는 탈리오의 법칙은커녕 인권 존중에 급급해 제대로 된 법 집행이 이뤄지지 않는다. 살인과 폭행, 마약을 저질러도 심신미약이면 감형이 되는 희한한 광경을 목도 할 수도 있다.

  그러다 보니 대중은 분노한다. 법의 사각지대에 있는 죄인들을 스스로 단죄하기에 이르렀다. 이른바 '인민재판'이다. 얼마 전 우리나라 교육 현장의 민낯을 볼 수 있었던 연이은 교사들의 죽음이 대중을 저항케 만들었고, 대중은 그들의

Error

방식으로 가해자, 즉 갑질 학부모들을 엄벌하기 시작했다.

　가해 학부모 영업장을 찾아가 분노의 표식을 하고, SNS에는 일가족 모두의 신상을 털어 공개한 것이다. 그러던 중에 가해 학부모 중 한 명이 입장을 발표했다. 요는 자기 아이의 손이 뺨에 맞았다는 것이다. 피해 학생의 뺨이 내 아이의 손을 가격했다는 황당무계한 변명을 늘어놓았다.

　많은 생각이 든다. 학부모들의 자격에 대해, 엄마라는 이름의 그 신성함에 대하여⋯. 우리가 이토록 무너진 배경에는 아이가 가족 형성과 종족 번식의 본래 목적이 아닌, 섹스(Sex)의 결과물이기 때문이란 생각을 지울 수가 없다. 연애하며, 혹은 결혼에 이르러 우리는 본능적으로 잠자리를 하며 밤낮으로 섹스를 한다. 피임은 뒷전이다. 보통은 가족 계획도 세우지 않는다. 피부와 혀끝으로 전달되는 오르가슴과 성적 아드레날린의 분출로 어느새 냉정함을 잃는다.

　그러다 아이가 들어서면 '하늘에서 준 선물'이라는 고색창연한 언어로 수식해 가족의 틀을 형성해나간다. 아이가 태어나면 요즘 어른들은 그런다. 아이가 아이를 키운다며. 이제 부모가 된 '어른 아이'는 아이를 바라보며 처음으로 모성애, 혹은 부성애를 느끼게 된다. 그때부터 시작이 된다. '맘충'의 향연은⋯.

작금의 세상 모든 어머니를 맘충으로 호도할 생각은 없다. 그런데 둘러보면 맘충이 아닌 어머니도 찾기가 힘들다. 정도의 차이일 뿐이지, 자식의 손끝 하나라도 다치면 이성을 잃는 부모들로 가득 찬 세상이다.

공공의 선과 사회의 질서를 아이에게 가르치려 하지만, 그 테두리 안에서 내 아이만큼은 예외가 된다. 질서를 흩트려도, 공공의 선을 저해해도 내 아이가 우선인 세상이다.

나는 학창 시절 때 참 많이도 뛰어놀고 친구들과 주먹다짐도 잦았더랬다. 한 학급에 50명씩, 한 학년에 10반이 넘어가던 당시엔 학교에서 선생님께 혼나는 게 일상이었다. 수시로 몸에 멍이 들어 집으로 돌아왔고, 그렇게 맞고 돌아온 날이면 나는 아버지께 더 꾸중을 들었다. 얼마나 네가 잘못했으면 선생님이 이렇게까지 때리겠냐며. 매가 다는 아니지만, 나는 그렇게 배워왔다. 부모님과 스승님은 나한테만큼은 그런 존재였다.

오직 아이를 위해 8차선의 드넓은 도로에서도 차량 속도를 시속 30km로 제한해 놓는 세상, 아이 보호를 위해 아파트 단지 내에 모든 차량 출입을 금지해 택배 기사분들의 노동력이 세 곱절로 늘어나 버리는 세상, 일일 권장 칼로리가 부족하다며 학교 영양사께 항의하는 세상에서 나는 할 말을 잃는다. 비행기가 빨리 날면 하늘에서 아이가 겁에 질릴 수도 있으니 비행기 시속도 30km 정도로 낮추라며 항의하는 날이 오지 않을까 싶다.

일부 학교와 그 현장을 쥐락펴락하며 갑질하는 학부모들, 넓게는 세상 모든 학부모에게 닿았으면 하는, 조마리아 여사가 아들 안중근 의사에게 보낸 편지를 옮긴다.

응칠(안중근 의사의 아호)아! 네가 만약 늙은 어미보다 먼저 죽는 것을 불효라 생각한다면, 이 어미는 웃음거리가 될 것이다. 너의 죽음은 너 한 사람의 것이 아니라 조선인 전체의 공분을 짊어지고 있는 것이다.

네가 항소를 한다면 그것은 일제에 목숨을 구걸하는 짓이다. 네가 나라를 위해 이에 이른 즉, 딴맘 먹지 말고 죽으라. 옳은 일을 하고 받은 형이니 비겁하게 삶을 구하지 말고, 대의에 죽는 것이 어미에 대한 효도이다.

아마도 이 편지가 너에게 쓰는 마지막 편지가 될 것이다.

글을 갈무리하며 이런 생각을 해본다. 스승도 모르는 오늘날의 아이들이 훗날 부모를 공경할까 싶은 것이다. 결국 부모들이 자식에게 버림받을 때 즈음, 이 시대의 '맘충'들도

'충(蟲)'의 굴레에서 벗어나 진정한 엄마로 돌아올 것만 같다.

그땐 이미 늦었지만….

우리의 영원한 '따거'

어릴 적 학교에서 장래희망 조사를 할 때면 과학자나 선생님이 아닌, 늘 '소방관'이라고 얘기했던 기억이 있다. 여전히 이유는 모르겠다. 왜 그렇게 소방관이 되고 싶었는지. 아마도 어릴 땐 공부보단 힘이 세면 지구를 지키는 데(?) 있어서 좀 더 정의롭다는 생각이 들어선 지 타인을 구하는 소방관이란 직업에 관심이 컸었나 보다.

커가며 꿈대로 되는 건 하나도 없었다. 그 누구 하나 마음껏 꿈을 펼쳐보라고 하지 않았기 때문이다. 시험 문제를 달달 외우고 좋은 대학 가서 공무원이나 괜찮은 기업에 취업하라고만 강조했다. 지금도 매한가지다. 좋은 대학에 가면 뭐가 크게 달라질 것처럼, 수능 날만 되면 온 나라가 들썩인다. 우스갯소리로 스티브 잡스가 우리나라에 태어났다면 스마트폰이 탄생했을까 하는 씁쓸한 현실도 되짚어보게 된다. 대학을 자퇴하고 은둔형 외톨이가 되어 쓸데없는 짓이나 한다며 지탄의 대상이 됐음이 뻔해 보이기 때문이다.

얼마 전 우리의 영원한 '따거' 배우 주윤발의 기자회견이 화제가 됐다. 8,100억 원에 달하는 전 재산을 기부한 배경을 묻자 주윤발은 "지금은 용돈을 받으면서 살고 있다."라면서 "솔직히 정확한 기부 금액도 모른다."라고 털어놨다. 그러면서도 "어차피 이 세상에 올 때 나는 아무것도 가지고 오지 않았다. 그래서 갈 때도 아무것도 안 가지고 가도 상관없다."라며 대인배의 면모를 보이기도 했다.

지금도 지하철을 타고 다니며, 겸손의 미덕을 잃지 않는 그에게서 '1등은 벤치마킹이 필요 없다'라는 명제를 복기해 본다. 우리나라 특유의 성적순대로의 서열을 가리는 1등이 아닌, 됨됨이의 1등을 한 수 잘 배운 기분이다.

불혹이 넘어선 지금, 소방관의 꿈을 이루지 못한 나는 다시 한번 꿈을 꾼다. 따거 형님을 닮아가는 거다. "어차피 이 세상에 올 때 나는 아무것도 가지고 오지 않았다. 그래서 갈 때도 아무것도 안 가지고 가도 상관없다." 그렇다. 언제나 바라왔던, 조금 더 계몽된 사회를 꿈꾼다.

'110'이라는 숫자로부터

해가 바뀐 2024년 1월은 정초부터 아시안컵 축구 대회로 떠들썩하다. 한국이 64년 만에 정상 탈환을 목적으로 한다는 그럴싸한 스토리 텔링과 목적의식이 한데 버무려졌기 때문이기도 하겠다.

1990년대와 2000년대 초반을 거치며 아시아를 호령하던 시절에는 권역에서만큼은 한국의 적수를 별로 찾아볼 수가 없었다. 헝그리 정신과 투혼이 매 경기마다 발현됐고, 어쩌면 그 결과로 2002년 월드컵 때는 4강 진출이라는 쾌거를 이루기도 했다.

어느덧 20년의 세월이 흘렀고, 동아시아나 중동 변방의 국가들도 한국의 투지를 교훈 삼아 축구에서 장족의 발전을 이루고 있었다. 그렇게 시작된 2024 아시안컵 대회.

조별 예선에서는 팔레스타인의 선수들이 눈에 띄었다. 예선 탈락 후보였던 팔레스타인은 조별 예선을 가까스로 통과해 사상 첫 아시안컵 16강에 진출하게 됐는데 선수들의 팔뚝엔 '110'이라는 숫자가 적혀 있었다. 이스라엘의 학살이 시작된 지 110일째라는 의미. 선수들은 전쟁으로 피폐해진 자국민들에게 자그마한 희망을 주려고 사력을 다해 뛰었고, 결국 16강 진출이라는 기적과도 같은 쾌거를 이뤄낸 것이다. 16강 진출이 확정된 한국은 조별 예선 마지막 경기에서 피파 순위 130위인 말레이시아와 졸전 끝에 3:3으로 비겼다. 한국의 피파 순위는 23위. 무려 100계단 이상 차이가 나는 나라다.

한국은 프리미어 리그 득점왕 손흥민을 비롯해 세계 최강 바이에른 뮌헨의 김민재, 새로운 축구황제 음바페가 속해 있는 PSG의 이강인 등 세계 최고의 클럽에서 주전으로 활약하는 선수들이 포진해 있는, 그야말로 역대급 대표팀으로 구성이 되어있다.

그런데 비겼다. 경기가 끝나자 우리나라 언론과 국민은 기다렸다는 듯 들고 일어났다. 우선 감독을 물어뜯고, 골을 못 넣은 선수들을 비아냥대며 그들의 가족까지 물어뜯기 시작했다. 비난을 넘어 조롱과 멸시에 가까웠다. 그러자 참다못한 캡틴 손흥민이 언론 앞에 나섰다. 제발 선수들 비하를 자제해 달라며….

2010년 남아공 월드컵 때였던 것 같다. 그때 잠시 스포츠 부서에서 수습으로 일할 때였는데, 당시의 언론사 분위기도 그러했다. 경기에 지면 기다렸다는 듯 물어뜯는 거다. 국민들은 하나가 되어 물어뜯는 기사에 공감하며 환호하기도 한다. 1994년 미국 월드컵에서 이탈리아를 결승전으로 이끌었던 말총머리 슈퍼스타 '로베르토 바조'는 브라질과의 결승전 승부차기에서 실축하는 바람에 조국에서 역적이 됐고, 그 이후로 선수 생명이 실질적으로 끝나버렸다. 동시에 콜롬비아의 한 선수는 그 대회에서 자살골을 넣는 바람에 고국으로 돌아가 열성 팬이 쏜 총에 맞아 숨을 거뒀다.

반대로 코드디부아르의 국민 영웅 '디디에 드록바'는 월드컵에서 골을 넣고 조국에서 일어난 전쟁을 월드컵 기간만이라도 멈춰 달라는 세레머니를 펼쳤는데, 기적처럼 전쟁이 멈췄다. 이후 우리는 그를 '드록신(神)'이라고 칭하게 됐다.

축구! 말 그대로 총성 없는 전쟁이다. 경기 결과에 따라 환희와 슬픔을 고스란히 느낄 수 있다. 우리 삶에 깊숙이 들어와 버린 축구는 이제는 떼려야 뗄 수도 없게 됐다.

공 하나만 있으면 동네방네 운동장 되어 저 멀리서 엄마가 저녁 먹으러 들어오라며 소리칠 때까지 차고 뛰어놀았던 그 시절. 서로 팀을 짜 동네 월드컵 대회를 열어 순백의 자웅을 겨뤘던 그 시절 우리가 진정으로 사랑했던 축구.

우리 국민들은 다시 그 시절로 돌아갈 순 없을까. 팔레스타인 선수들의 팔뚝에서 나는 그 모습을 다시 볼 수 있었는데. 때로는 많은 것이 옳지 않을지도 모른다는 여지를 뒀으면 좋겠다. 우리가 사랑하는 축구의 응원 방식이, 때로는 옳지 않을 수도 있다는 얘기다.

그래서 나는, 나의 조국 대한민국 축구대표팀을 다시 한번 응원하고 싶다. 아시안컵 우승을 기원한다.

망하는 건 경험이 아니야

하루는 영어 과외 봐주는 날이라 가게를 평소보다 일찍 마치고 학생 집으로 발걸음을 재촉했다. 그리고 2시간 정도 문법과 회화 과외를 해주고, 이 친구가 탕후루를 먹고 싶다 해서 같이 먹으려고 집을 나섰다.

유행이긴 한가 보다. 늦은 저녁인데도 학원가에 있는 탕후루 가게는 학생들이 저만치 줄을 서 있었다. 우리도 줄을 서서 10분 정도 기다린 후 주문한 탕후루를 받았다. '이 설탕 덩어리를 대체 왜 먹지?' 하는 속앓이를 숨긴 채, 나도 맥주를 한 캔 사서 한 알을 집어 먹었다. 같이 간 학생은 배가 고팠는지 순식간에 꼬챙이 한 줄을 먹어 없애버렸다.

근데 요즘 학생들이 발육이 워낙 빨라서 그런지 이 학생이랑 같이 있으니 괜히 동네 어른들이 보시면 오해할 것 같다는 혼자만의 생각이 들었다. 고2밖에 안 되는 여학생인데, 이 친구뿐만 아니라 주위에 있는 친구들도 내 기억 속의 고등학생들과는 다르게 너무도 성숙한 느낌이 들었다. 그래도 뭐, 잠시 잠깐 학생들 틈에 껴 나도 학창 시절로 돌아가는 기분을 만끽할 수 있었다.

그렇게 한참이나 먹다가 배가 불렀는지 이 친구는 그제야 나한테 뭔가를 물어왔다. 혹시 ○○○ 유튜버 아니냐면서 말이다. 나는 '응? 뭐 대만 사람이야? 하하!'하며 되물었다. 그때부터 세대 차이 때문인지 대화가 매끄럽지 못하고 헛돌기 시작했다.

알고 봤더니 그 유튜버가 얼마 전 탕후루 가게를 오픈한다고 공지했는데, 기존에 어떤 아주머니가 운영하는 탕후루 가게 바로 옆자리에 딱 붙어서 오픈을 한다고 하는 얘기였다. 이 유튜버가 지금 사회적으로 논란이 되고 있다며. 그 옆집 아주머니는 생계를 위해 하는데 본인은 '망하는 것도 경험'이라며 유튜브 영상을 통해 조소 가득한 얘기들도 서슴지 않았다고 한다. 그리고 오픈을 하면 본인 인맥을 총동원해 인플루언서들을 초대할 거라며 유명세도 더불어 과시했다고⋯.

글쎄다. 겉모습만 봐서는 앳돼 보이는 게 참 젊고 귀여운 친구 같았는데, 나도 '꼰대'가 다 됐는지 이 친구 부모님은 뭐 하는 사람일까, 하는 생각이 먼저 들었다. 그리고 저 가게를 계약하기까지의 부동산 사람들과 인테리어 하시는 분들까지, 옆에 똑같은 가게가 버젓이 있는데, 주위에 계신 어른들은 어떤 마음으로 계약을 해주고 작업을 했을까, 하는 생각도 덤으로 들었다.

내 생각이 과한 걸까? 모르겠다. 나도 장사를 하고 있으니, 옆집 아주머니의 입장을 조금 더 헤아리고 싶었는지도 모를 일이다. 유명세로 사회를 기만하고 그 기만은 통제하기 힘든 지경에 이르는 광경을 자주 목도하게 되는 요즘인 것 같다. 호칭이라기보단 점점 멸칭이 되어가는 'MZ세대'만의 잘못일까. 혹은 한 아이만 낳아 지극정성으로 키우는 부모 세대의 잘못된 훈육이 원인인 걸까. 소시오패스, 마키아벨리즘, 나르시시즘의 흑색 삼각형 비율이 유독 커 보인다면 너무 나간 걸까?

구독자 수에 따라 신분이 갈리고, 법의 사각지대에 있는 플랫폼이 즐비하다 보니 통제가 상실된 시대에 살고있는 것만 같다. 황색 매체들이 그걸 부추기며, 많은 소비자는 어쨌거나 아무 문제의식 없이 그런 콘텐츠들을 소비해 준다.

결국 그 유명세가 세력화되고, 일부는 몰락을 맞이한다. 준비되지 않은 권력(유명세)은 그렇게 무너진다. 그 사람이 어떤 사람인지 명확히 알려면 권력을 줘보라고 했다. 이면에 가려진 또 한 명의 유명 유튜버가 어떤 사람인지, 우리 사회는 권력을 줌으로써 이렇게 또 잘 알게 됐다.

우리 사는 곳이 점차 미래로 나아가며 공공선을 향한 지향점을 잃지 않았으면 하는 바람이 있지만, 그 바람은 언제나 공염불로 그치게 된다. 소수의 행복과 다수의 무관심이 공존할 수는 없지 않겠나. 망하는 건 경험이 될 수 없다. 그 경험을 콘텐츠 삼아 소수에게 행복을 주는 기폭제가 되어서도 안 될 일이다.

대학 수능시험, 대한민국을 멈추다

어김없이 수능을 치르는 날이 밝았다. 어제는 밤늦게까지 친누나와 카톡으로 수능에 관해 여러 이야기들을 나눴더랬다. 큰 조카도 이제 3년만 있으면 수능을 봐야 하니 남의 일이 아닌 게 돼버린 셈이다. 나는 넌지시 속마음을 얘기했다. 서울대, 혹은 연고대나 이화여대 정도 갈 실력이 아니면 서울에는 절대 보내지 말라는 거였다.

사실 지방에 있는 친구들은 모로 가도 서울만 가면 되겠지, 하고 생각하는 친구들이 여전히 대다수다. 지방 학생들이 지방에서 서울로 가는 방법은 크게 두 가지가 있다. 수능을 잘 봐서 서울 거점 대학으로 진학하던지, 아니면 서울 내의 기업에 취업하면 되는 식이다.

어찌 보면 쉽다. 서울에도 명문대가 아닌 변방의 대학들이 얼마나 많겠나. 취업도 마찬가지다. 꼭 대기업이 아니어도 편의점 알바를 한다는 명목으로 서울로 진출할 수도 있는 거다. 실제 그런 경우가 많다.

그런데 지방 사람들은 서울에 연고가 없기 때문에 '질'을 따질 수밖에 없다. 그 배경에는 부모의 경제력과 당사자의 자립도가 자리한다. 요즘 서울권 사립대학 등록금은 한 학기에 600만 원이 넘어가는 걸로 알고 있다. 그리고 자취방을 구해야 하며, 용돈도 필요하다. 그것뿐이랴. 매일 밥도 사먹어야 하며, 교통비도 무시를 못 한다. 그럼 일단 한 학기에 기본 1,000만 원이 지출된다. 1년이면 2,000만 원, 4년이면 8,000만 원, 대략 1억 정도가 소요되는 것이다. 아이가 둘이면 2억이다.

그렇게 4년간 집안을 말아먹을(?) 정도의 자본을 투입해 소위 말하는 명문대를 졸업해도 취업이 잘 안되는 요즘이다. 상황이 이럴진대, 무조건 서울로 가면 된다는 목표를 이루려 이름도 모를 변방의 대학에 군이 가겠다고? 글쎄다. 골프나 승마를 취미로 삼는 젊은 부모들이 넘쳐나니 그에 상응하는 재력으로 귀한 자식들의 성화를 어떻게 이겨낼지, 아이도 키워본 적 없는 내가 어깃장을 놓진 못할 것 같다.

다만 가급적이면 지방 학생들은 지방 거점 대학에 가되, 굳이 서울로 가고 싶다면 취업을 그쪽으로 목표하라고 말해주고 싶다. 고등학교를 갓 졸업한 학생들이 종종 대학의 낭만을 꿈꾸는데, 낭만은 어느 대학에 가도 있다. 서울에만 있는 게 아니다. 캠퍼스를 걷다 첫눈에 반한 이성이 생긴다면, 그 순간부터 온 세상이 낭만인 거다.

그렇게 누나와의 대화가 마무리되어갈 무렵, 누나가 넌지시 던진다. "설마 올해 수능 날엔 또 경찰차 타거나 학교 잘못 찾아가거나 하는 정신 나간 놈(?)들 없겠지?" 하며. 나는 대답한다. "내일 오전에 뉴스 봐봐. 그런 학생들이 안 나오면 내 장을 지질게. 하하!" 그렇게 다음날 수능의 아침이 밝았고, 어김없이 학교를 잘못 찾아가고, 경찰과 소방관을 못살게 구는 학생들이 뉴스 헤드라인을 장식했다. 이런 생각이 든다. 공권력이나 공공기관을 설립 취지와 전혀 상관없이 지각 수험생을 위한 도구로 활용하는 나라가 전 세계에 우리나라 말고 또 있을까?

우리나라는 얼마나 친절한지, 수능 하루 전에 전국 학생들을 해당 학교에 소집해 수능을 위한 가이드라인을 친절히 설명도 다 해준다. 지하철과 대중교통 시간 간격을 손보기도 하며, 영어 듣기 시간에는 비행기 이착륙까지 금한다.

그런데 이런 사회적 노력을 조롱이라도 하듯, 그들은 올해도 어김없이 정신을 못 차린다. 이런 학생은 앞으로 어떤 진로를 택하든 불 보듯 뻔하게 '능력 미달'이란 게 보이지만, 저들 부모님들까지 엮어서 같은 잣대로 바라보는 무례를 범하고 싶진 않다. 다만, 늦잠 자고 지각한 게 뭐가 자랑이라고 온 가족이 합심하여 112나 119에 전화를 해 12년을 준비한 수능을 보러 가는 상황을 연출할 수 있는지, 희대의 촌극이 따로 없어 보인다.

오늘 영국의 한 외신 뉴스에서는 우리나라 수능 날을 이렇게 묘사했다.

'대학 수능시험, 대한민국을 멈추다.'

노인을 위한 나라는 없고, 고3을 위한 나라만 존재하는 듯한 대한민국의 민낯이 참 쓸쓸하다.

MBTI 공화국에서 살아남기

"저는 T에요, F에요, J에요."

우리 사회의 새로운 인사법이다. 처음 만난 사람의 외모나 성품도 이제는 대수롭지 않다. MBTI 하나로 한 사람이 살아온 온 우주가 규정되기 때문이다. '사람이 온다는 건 실로 어마어마한 일이다.' 라며 한 사람의 가치를 대서사로 노래했던 정현종 시인의 메아리가 구슬프게 다가온다.

그야말로 'MBTI 공화국'이다. 알파벳 하나로 사람을 규정 짓고 판단한다. 어떤 지자체에서는 고3 수험생들을 대상으로 MBTI 검사를 시행해 진로의 가이드라인을 제시하기도 하며, MBTI 별 여행코스도 발굴했다고 홍보를 늘여놓기도 한다. 한 의학 전문 저널에서는 MBTI가 'E'면 치매 발병 확률이 낮다며 사례를 들어 기사를 싣기도 한다.

재미라고 치부하기에는 공무원 시험과 민간 기업 이력서에도 MBTI에 따라 당락이 좌우된다니, 그 도는 선을 넘어도 한참이나 넘은 것처럼 보인다. 서점에는 MBTI 관련 서적들이 줄을 지어 출간되고 있다. 가깝게는 친구·연인, 심지어 가족까지 MBTI를 통해 관계 지표를 평가한다. 신생아를 출산했는데, MBTI가 무엇일지 걱정하는 산모들도 늘었다고 한다.

이쯤 되면 민주주의 최후의 보루라 할 수 있는 사법부에도 MBTI가 도입되지 않으리란 보장은 없어 보인다. 증거가 불충분할 때, 'T'면 무죄, 'F'면 유죄라고 단정 지을 수도 있을 것만 같다. 행여나 'J'면 어정쩡하니 기소유예 처분을 내놓기도 하는 거다.

그 옛날 별자리와 혈액형으로 사람을 판단했던 때와는 그 결이 사뭇 달라 보인다. 도축장에서 가축들이 'A' 혹은 'AA' 등으로 등급이 찍혀나오면 오로지 그 결괏값만 보고 가축의 질을 평가하듯, 사람 사는 우리 사회도 그에 차용된 마냥 MBTI 결괏값만을 맹신한 채 그 사람을 평가해 버리진 않을까 하는 슬픈 전운도 든다.

언젠가 나한테도 MBTI를 물어보던 지인이 있었다. 나는 해본 적도 없거니와 관심도 없어서, 즐겨보는 뉴스 채널인 'JTBC' 혹은 음악 채널 'M.net'일 거라고 농을 던지며 대충 둘러댔다. 다양한 가치와 경험으로 얼룩졌을 43년 동안의 살아온 시간과 앞으로 펼쳐질 영겁의 세월을 알파벳 한 단어로 어떻게 표현할 수 있는지, 나는 급기야 되물어 보기도 했다. 그래도 그들은 대세를 따를 수밖에 없다는 반응이다.

도둑질도 안 하는 사람보다 하는 사람들이 많다면 그 도둑질 자체가 보통의 상식이 된다. 유대인을 몰살하고 총·칼을 앞세워 전 세계를 정복하려 했던 히틀러의 나치당원들도 선보다는 악이 상식이 되곤 했었다.

MBTI를 맹신하는 사회에서 나 홀로 그 검사를 업신여기다니, 나는 상식적인 사람이 되기는 글러 먹었나 보다.

혐오의 시대를 살아내는 법

"남편 연봉으로 1억을 바란다면 본인 연봉은 9천 정도는 됐으면 좋겠다. 남편 학벌이 서울대이길 바란다면, 본인 학벌은 이화여대쯤은 됐으면 좋겠다. 남편 직업이 의사이길 바란다면, 본인 직업은 판검사 정도는 됐으면 좋겠다. 남편이 서울에 10억짜리 아파트를 해온다면, 본인은 9억 정도의 혼수는 준비할 생각을 가졌으면 좋겠다. 남편이 영어를 능수능란하게 하길 바란다면, 본인은 불어나 일본어 정도는 능수능란하게 할 줄 알았으면 좋겠다."

혐오의 시대에 살고있는 우리나라 사람들은 유독 공정과 정의를 흠모하지만, 실상은 그렇지만은 않은 것 같다. 유불리를 따져가며, 유리한 거엔 큰소리치지만 불리한 거엔 입을 꾹 닫는다. 남녀관계, 직장 상하관계, 정치의 여야관계, 모두에서 우리는 경험할 수 있다. 멀리서 보면 객관화해서 볼 수 있지만, 막상 그 속에 자신이 자리해 있다면 평정심을 잃게된다. 그 속에서 공정하면 할수록 왠지 자신이 손해 보는 기분이 드는 거다.

얼마 전에 서울의 한 선배가 주변에 괜찮은 여성분이 한 분 계시다고 만나보라는 연락이 왔다. 그분도 나처럼 '돌싱'이였다. 아이는 없었고. 그래서 서로 처지가 비슷한 것 같아서 만나보기로 했다. 내 정보나 이력은 그 분께 미리 다 알려드렸다고 들었다. 나는 그 분에 대해 들은 건 하나도 없었고. 나조차도 별로 궁금하지도 않았다. '먹여 살리는 거야 내가 하면 되고, 사람만 괜찮으면 됐지, 뭐!' 하는 생각을 어려서부터 늘 가지고 있기 때문이다.

그런데 그분 카톡 프로필의 사진들을 보니 외모에 자신감이 충만한 분 같았다. 덩달아 인스타그램도 홍보를 해놨길래 링크를 따라가 봤더니, 온통 외모와 몸매 과시에 혈안이 된 분처럼 보여졌다. 골프도 좋아하시는 것 같던데, 골프를 치러 간 건지 허벅지와 풍만한 볼륨을 드러내러 간 건지 도통 알 길이 없어 보였다.

도저히 궁금함을 참지 못해서, 주선해준 선배한테 이분

뭐 하는 분이냐고 물어봤다. "직장 다니다가 요즘은 쉬고 있다는 것 같던데?" 하는 거였다.

요즘 사람들은 애초에 쉬려고 직장을 다니는 건지, 제 마음대로 쉬었다 일했다 하는 분들을 보면 본인 능력이 좋은 건지, 세상이 좋아진 건지, 나조차도 헷갈리곤 한다. '백수'라는 명칭을 '쉰다'라는 은유로 둔갑하는 처세술도 한층 유연해진 듯한 사회 분위기처럼 느껴진다.

결국 안 만나겠다고 했다. 외모 하나의 필살기로 어필하는 듯한 당당함이 내가 2~30대였다면 모르겠지만 이제는 영 불편하다. 만나서 하룻밤 자고 섹스를 즐길 수도 있을 거다. 그러기조차도 귀찮고 따분해진 요즘이다.

어느덧 중년에 들어선 나는 앞서 말한 공공의 상식을 조금은 이해할 수 있는 사람이면 좋겠다는 생각이 든다. 이분에게 상식은 '나는 예쁘니 너는 돈이 많아야 해!'라는 명제가 더 어울릴 것만 같았다.

상식 전부를 이해하길 원하는 것도 아니다. 최소한을 바라는 거다. 그 최소한은 물질이나 능력으로 상쇄하지 않아도 된다. 남편이 1억을 벌고 서울대를 나왔는데 본인은 쉬고 있는 상태라면, 그에 상응하는 마음이라도 가질 수 있었으면 좋겠다는 것이다. 상황이 반대라면 남자도 마찬가지의 마음을 가지면 되는 거다. 종속 변수인 아이는 여자가 낳는다느니, 육아도 여자가 한다느니, 하는 그런 얘기까지는 여기서 하지 않는 편이 낫겠다.

결국 이렇게 해서는 한남충이니, 김치녀니, 하는 식의 서로에 대한 혐오가 나아질 것 같지가 않다. 그러니 저출산율 운운하며 부채질하지 말고 서로 내버려 두자. 그리고 해방을 허하라. 그러는 편이 나을지도 모르겠다.

낭만이 자욱했던 앞선 시대는 저만치 물러나고, 지금 시대는 이러다가 종말을 고할 것만 같은 슬픈 예감이 든다. 슬픈 예감은 틀린 적이 없어서 더 슬프다.

밀란 쿤데라는 〈지혜〉라는 잠언집에서 사랑을 이렇게 묘사했다. "오랫동안 사랑을 떠나 있으면 차츰 사랑의 육체성과 물질성과 구체성을 상실하게 되고, 마침내 양피지에 적힌 아득한 전설과 신화가 되어 작은 금속 사장에 담긴 채 인생의 무대에서 사라지게 된다."

우리 시대의 사랑은 사랑이 아니게 됐다. 혐오가 사랑을 짓눌렀고, 자본이 사랑을 집어삼켰다. 한 차원 높은 단계의 지혜가 필요하단 생각이 든다.

4.

가족에게 건네는
낡은 서랍장의 일기

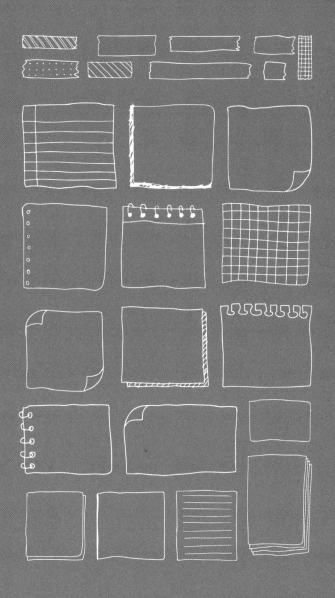

한이 서릴 만큼 보고 싶은 당신에게

과거 서울에서 직장생활을 할 때 친하게 지내던 한 선배가 간암 3기 진단을 받았다는 소식을 들었다. 나이는 마흔 중반. 암도 암이지만 앞으로 있을 무수한 검사와 수술, 항암 치료 등 병원 안에서 서서히 죽어갈 생각을 하니 하늘이 무너지는 거 같다고 한다.

그래 맞다. 3~4기 정도면 고통스럽게 죽어간다는 말이 냉정한 표현일지도 모르겠다. 희망을 가득 담은 책이나 왜곡된 통계 자료들은 생존율이 높아졌다고 말하지만, 나는 4기 암 환자 중에 완치된 이를 주위에서 본 적이 없다. 뼈만 앙상하게 남겨둔 채 모든 장기와 살을 갉아먹고 1~2년 내로 끝내 생명을 앗아가는 것이다.

나는 과거 아버지가 췌장암 말기 선고받는 순간 그 자리에서 다리가 풀려 한참이나 일어나질 못했다. 영화나 드라마에서 보던 그 광경을 내가 쉬이 따라 하는 꼴이 돼버렸다. 그렇게 서울아산병원 암 병동에서 아버지의 병원 생활이 시작됐고, 병동 안의 여러 환우와 가족들과도 나는 제법 친해지게 되었다.

동병상련이랄까. 그곳은 전국의 말기 암환자들이 모두 모여있는 곳이었다. 쉽게 말해 곧 죽음을 앞둔 사람들이다. 툭하면 통곡 소리가 빗발쳤고, 우리는 서로를 애틋하게 위로해주곤 했었다. 수술이 잘되어 퇴원한 환우분들도 계셨는데, 두어 달 만에 전이가 돼서 결국 사망하셨다는 소식도 곧잘 들을 수 있었다. 세상 모든 슬픔이 집결된 장소이기도 하다.

그즈음 내 나이는 33살 되던 해였던 것 같다. 다니던 언론사에서는 일꾼 격인 대리 직급 정도 됐었는데, 우리 아버지는 병원에서 간호사분들을 비롯해 같은 병동 사람들에게 "우리 아들 유명 언론사 본사 다녀요."하며 늘상 자랑했다고 한다. 나는 그런 아버지의 모습을 보면 참 행복했다. 내가 우리 아버지의 자랑이 될 수도 있구나, 하는 생각이 들며. 그래서 생각을 해봤다. 살아갈 날이 얼마 남지 않은 아버지한테 내가 무얼 해드릴 수 있을지. 그러다 아버지가 당시 토론 프로그램을 즐겨보시던 모습이 떠올랐다. 그래서 나는 망설임 없이 시사 토론 대표 논객으로 지원했다. 이력서는 통과가 됐고, 며칠 뒤 여의도로 가서 담당 PD님과 면접도 봤더랬다. 나는 당시 여당 편에 섰었고, 상대는 사법고시 준비생인데 야당 편에서 서로 논쟁했었다. 생방송 날이 다가왔고, 나는 KBS 스튜디오로 가서 여러 국회의원, 장관 분들과 인사를 나누고 토론에 참여했다.

방송에 시작되기 전 딱 1명, 나는 아버지한테만 사전에 방송 출연 얘기를 했었다. "아빠, 나 오늘 생방송 시사 토론에 나오니까 이따가 TV 꼭 켜봐!" 하며. 방송은 무사히 끝났고, 다음날 곳곳에서 연락이 왔다. TV 잘 봤다며. 분명 아버지한테만 말을 했는데, 아버지는 지인분들께 죄다 연락을 한 것이었다. 실없는 웃음이 나왔지만, 아버지가 좋아하시니 나도 그저 좋았다.

그렇게 1년여의 세월이 흘렀고, 보험 적용이 안 되는 병원비 덕에 나는 퇴직금까지 모두 당겨쓰고 신용카드는 연체가 누적돼 수천만 원의 빚더미에 쌓이게 됐다. 뭐 상관없었다. 살아있는 내가 열심히 벌어서 다 감당하면 될 일이기 때문이다. 병원 의사 선생님은 이제 보름 정도 남았으니 준비하라고 하셨다. 나는 아버지를 모실 납골당을 여러 군데 알아봤고 장례식장도 둘러보곤 했었다. 눈물이 바다가 된다는 말을 나는 그때 처음으로 실감할 수 있었다. 살아있는 우리 아버지 묻을 곳을 천하의 몹쓸 자식인 내가 알아보고 있는 것이었다.

마지막 일주일. 아버지가 투병한 시간을 같이 보내며 나는 그 이야기들을 모아 어느 의학 매거진에 글로 써서 보냈더랬다. 이후 그 매거진 편집장이 연락이 와서는 소정의 원고료까지 보내주시며 1면에 대문짝만한 크기로 내 글을 실어 주셨다. 구구절절 너무 감동 받았다고, 좋은 글 보내줘서 되려 감사하다며 고마워하셨다.

나는 병원 앞 서점에서 그 매거진을 사 들고 아버지한테 갔다. 중환자실에서 인공호흡기에 의지한 채, 이제 눈도 못 뜨는 아버지께 말이다. 마지막 자랑거리를 가지고 왔는데, 아버지 좋아하시는 모습을 마지막으로 딱 한 번만 더 보고 싶었는데, 아버지는 그렇게 며칠 동안 인공호흡기에 의지하시다가 끝내 돌아가셨다. 침대 머리맡에는 매거진이 놓인 채, 그렇게 평온하게 가셨다.

병실 바닥에 엎드려 우리 가족은 소리내어 울었고, 봄날의 햇살은 창틈으로 들어와 우리 아버지를 은은하게 비추었다. 아마도 우리 아버지를 천국으로 안내하는 길잡이 같은 햇살이었을 거다.

아버지를 그렇게 보내고, 나는 한동안 병원에 대한 트라우마 같은 것이 생겼다. 특히나 암 병동에서 죽어가는 사람들을 너무 많이 봐와서 그 농도는 짙어졌다. 아버지 장례를 치른 후 다시 서울로 돌아온 나는, 작은 선물과 꽃을 준비해 아산병원을 찾았더랬다. 그리고 간호사분들께 우리 아버지 돌봐주셔서 너무 감사하다는 인사를 전했다.

이후 시간은 또 저만치나 흘렀다. 나는 단 하루도 아버지를 잊지 못한 채 수년의 하루를 지금도 흘겨보내고 있다.

이어령 선생님께서 딸 이민아 목사를 천국으로 떠나보내며 한탄했던 이런 마음과 다를 바 없다. '헌팅턴비치에 가면 네가 있을까 / 아침마다 작은 갯벌에 오던 바닷새들이 거기 있을까?' 하는 마음….

헌팅턴비치는 이어령 선생님의 딸 이민아 목사가 생전 거주하던 미국 캘리포니아의 도시이다. "부모가 자식을 먼저 보내는 슬픔을 표현할 수 있는 언어는 이 세상에 없다."라며 선생께서는 책 〈헌팅턴비치에 가면 네가 있을까〉에서 딸 이민아 목사를 그리며 절절한 이야기들을 전했다.

우리 아버지가 중환자실에서 투병 중일 때, 나는 이런 질문을 한 적이 있다. 아빠는 어느 나라가 제일 가보고 싶냐고(참고로 우리 아버지는 해외에 단 한 번도 가본 적이 없었다)…. 그러더니 어딘지도 모를 태평양 어딘가의 섬나라를 가보고 싶다고 했다. 아버지 딴에는 아마도 열대 나무가 우거진 아름다운 해변을 상상했었나 보다. 그리고 2주 뒤 아버지는 세상을 떠났고, 나는 장례를 치르는 와중에 문상객이 뜸한 새벽녘 멍하니 아버지 영정사진을 보며 생각했었다. 아버지가 생각한 그곳이 어디일지….

그 후 어느덧 10년이란 시간이 흘렀고, 그간 많은 일들이 일어났다. 아버지가 없는 세상에 덩그러니 남은 우리 가족은 어느덧 일상을 찾았고, 각자의 위치에서 오늘을 또 살아내고 있다. 그리고 나는 남태평양에 있는 작은 섬나라 '투발루'란 곳을 알게 되었다. 인구 만 명이 조금 넘는 국가다. 현재 기후 변화로 나라 전체가 바다에 수몰될 위기에 처해 있는데, 이대로라면 3~40년 안에 투발루 전 국토가 물에 잠긴다고 한다. 얼마 전 장관이 바닷물에 잠긴 국토 위에 서서 유엔 연설을 한 게 화제가 되기도 했다.

이곳을 한번 가봐야겠다. 가정도 없이 혼자 사는 '돌싱'의 특권이 이런 지점에서 발현되곤 한다. 어느 때고 어디든 갈 수 있다는 얘기다. 혼자다 보니 경제적 영역에서도 상대적으로 자유롭기도 하다.

노트북과 읽을 책 5권, 낡은 운동화 한 켤레면 되겠다. 이어령 선생께서 이민아 목사를 생각했던 마음처럼, 세상 모든 사람에게 잊힌 우리 아버지를 나는 어떠한 방법으로든 계속 생각해내야겠다. 어느덧 나는 불혹의 나이가 됐고, 아버지 돌아가실 적 머리맡에 놓아둔 내 글의 내용과 우울증을 안고 제주도에서 한 달간 보내며 쓴 글들을 모아 책 《죽기 싫어 떠난 30일간의 제주 이야기》라는 에세이를 출간하게 됐다. 책의 반응은 예상외였고, 나는 보통의 삶에서 경험하지 못한 특별한 경험들도 할 수 있었다. 더불어 책의 수입, 인세까지도 덤으로 벌어들이며.

생각해봤다. 인세의 쓰임에 관해. 큰돈은 아니지만, 책으로 벌어들인 인세를 의미 있는 곳에 쓴다면 어떨지. 그리고 내 생각의 끝은 '암과 싸우는 사람들'에게로 향했다. 죽음으로써 이윽고 싸움을 끝내게 되는 그분들께 내 한 줌의 마음을 전해드리고 싶은 생각이었다. 아니, 그래야만 해야 할 것 같았다. 우리 아버지처럼 사경을 헤매며 죽을힘을 다해 지금도 싸우고 있는 분들께 내가 할 수 있는 최소한이었다.

암과 싸우시는 환우분들이 그 힘을 마지막까지 잃지 않으셨으면 좋겠다. 벼랑 끝에 서 있는 그분들의 갈 곳 잃은 손을 우리도 놓지 말아야 하겠다.

며칠 전에는 납골당에서 연락이 왔다. 아버지 유골함을 안치한 지 10년이 됐으니 연장하려면 방문해서 재계약을 하라며. 강산은 하나도 변한 거 같지 않은데, 벌써 10년이나 흘렀다. 돌아가시기 직전 아버지 모습이 여전히 선명한데, 나는 벌써 그날의 아버지 나이와 제법 가까워져 가고 있다.

오늘은 10년이란 의미가 깊어서 그런지 엄마도 일터에 휴가를 내고 오랜만에 함께 납골당을 찾았다. 10년 동안 매번 혼자 찾았는데, 오랜만에 아빠도 엄마를 보게 돼서 반가울지 모르겠다. 엄마는 내가 볼까 싶어 저 먼발치에서 또 혼자 울고 있다. 내가 이래서 매번 혼자 다니는 거다. 아버지도 헤아려주시리라 생각한다.

10년 동안 단 하루도 아버지를 잊어본 적이 없다. 한없이 보고 싶은 마음도 언제나 그대로다. 다 그대로인데, 아버지만 이 세상 어디에도 없다. 앞으로도 없다. 모두 끝났는데, 나는 여전히 그 끝을 잡은 채 살아간다.

비의 계절이 찾아왔음에도 오늘 햇살은 유난히 맑다. 여름날의 이토록 맑은 햇살들이 아버지 사는 세상에도 살포시 내려앉기를 바라본다.

"아버지, 10년이 지난 오늘도 한이 서릴 만큼 당신이 많이 보고 싶습니다. 발걸음마다 묻어나는 초록들이, 올봄에는 아버지 사는 세상에도 가득하길 어디에서나 기도할게요. 못난 아들은 이렇게 또 아버지 혼자 두고 갑니다. 쉬세요. 아버지!"

봄 햇볕 내리쬐는 아버지 곁에서 오랜만에 마시는 술 한 잔이 달다. 춘래불사춘(春來不似春)이라 했다. 올해에도 어김없이 봄이 왔지만, 나에게 봄은 10년째 오지 않고 있다.

동팔이와 쯔양

이상형을 묻는다면 이제서야 '호고일당'과도 같은 사람이라고 말할 수 있을 것 같다. 즉슨, '옛것을 사랑하는 사람들'이란 의미다.

언젠가 엄마와 차를 타고 저 멀리 바닷가에 바람을 쐬러간 적이 있다. 엄마와 나는 언제나 차 안에서의 이야기로 여행의 시작을 날 세운다. 그때 엄마는 어릴 적 시골 동네 앞을 지나며 '동팔이'라는 동네 팔푼이(?) 얘기를 한 적이 있다.

그 시절 시골에선 누구나가 다 팔푼이처럼 여겨졌겠지만, 엄마 옆집에 살던 그 꼬마 아이는 늘 빈 깡통을 차고 마을 어귀를 돌며 감자 동냥을 하고 다녔다고 한다. 당시 엄마는 오빠들과 그 모습이 얼마나 재미있었는지 지금까지 기억이 난다고 했다. 한국전쟁이 막 끝나고 1960년대 보릿고개 시절을 넘기던 시대의 일이다.

나의 어린 시절은 1980년대. 88서울올림픽에서 굴렁쇠를 굴리던 아이가 선명하게 기억이 나고, 시골에서 할아버지 소가 끄는 달구지를 타고 같이 밭일을 나갔던 기억이 있다. 사촌 동생들과 모여 작당을 한 뒤 할머니가 애써 심어놓은 수박 서리를 하고, 저녁엔 사랑방에 둘러앉아 동네에 한 대뿐인 낡은 TV 앞에 모여 신기한 듯 방송을 들여다본 기억도 선명하게 난다. 이 외에도 얼마나 많은 추억이 기억의 용량을 채우고 있을지는 말해 뭐할까 싶다. 산업의 발달로 최첨단 기기가 들어서기 전까지 우리네 삶은 이토록 목가스러웠다. 그 한가운데에는 '사람'이 있었고, 우리는 기기 대신 피부를 맞대며 함께하고 소통할 수 있었다. 먹을 것이 있으면 나눠먹고, 이웃의 안부를 묻는 건 여사였다.

그렇다면 2000년대 이후에 태어난 밀레니얼 세대에게 추억은 어떻게 기억이 될까. 온종일 폰만 보는 하루가 4~50년이 쌓인다면, 훗날 그들에겐 지나온 삶의 전부가 어떤 의미로 남게 될까.

우리 엄마는 감자 동냥을 하던 '동팔이'를 소환하며 즐겁게 웃음 지었는데, 그들은 훗날 먹방 유튜버 '쯔양'을 소환해

내며 참 많이 먹더라, 하며 쓴웃음을 지을지도 모르겠다.

온종일 유튜브를 보고, 카톡과 SNS를 들여다보며 타인을 염탐하는 게 주된 일상이 돼버린 요즘의 시대에 다가올 내일은 무슨 의미가 있을까. 차라리 "제 꿈은 오늘도 내일도 폰만 바라보는 거예요!!"하고 고백한다면 대부분의 사람 꿈은 쉽게 이루어지게 되지 않을까.

가끔 염증이 난다. 아니, 삭막하고 기가 막히기도 한다. 어딜 가도 폰만 만지작거리는 이들과 함께해야 하는 상황들이 영 별로다. 놀라운 건 그들은 약속이라도 한 듯, 하나같이 똑같은 항변을 한다는 것이다. "나는 폰 중독이 아니야. 어쩌다가 한번 봐."하며. 감자 동냥을 하던 동팔이가 기가 막혀 웃을 일이다.

사람들이 뭐가 뭔지도 모를 정도로 사회는 이토록 빠르게 변해버렸다. 맛있는 음식을 나눠먹으려 해도 의심부터 해야만 하는 관계가 자연스러워졌고, 같이 식사할 때도 '먹방 유튜브'를 켜놓고 영상 속의 그들과 함께 밥을 먹는 게 익숙한 풍경이 돼버렸다.

이건 아닌데, 이게 딱 맞아떨어지는 세상 속에 사는 난, 할 수 있는 게 많지 않아졌다. 짐짓 생각건대, 그 옛날 동팔이라면 내 마음을 알아줄까?

사랑스런 나의 조카들에게

내가 10살 무렵이었던가, 아버지가 살아계실 적 당시 운행하
셨던 자그마한 〈포니〉 택시에 온 가족이 타고 바닷가에 놀
러를 간 적이 있다. 그때 아버지는 물놀이하고 있던 나에게
뜬금없이 "저 바다를 품으라(?)"라며 취기에 넋두리를 늘어
놓으셨다. 나는 그 모습이 왜 아직도 기억에 선명한지, 모를
일이다. 아마도 바다에 대항할 만큼의 사내대장부가 되라는
아버지의 바람이었을 게다.

　어느덧 30년이 흘렀고, 그사이 태어난 내 조카들은 이제
고등학생이 될 채비를 차례차례 하고 있다. 나는 아버지가
그랬던 것처럼 똑같이 이야기를 해줬다. 삼촌은 바다를 품
었으니, 너희들은 하늘을 품으라고… (하하!!) 30년 뒤면 나

는 세상에 없겠지만 이 목소리가 조카들에게 남을지, 기대를 해보게 된다.

누가 보면 팔불출로 볼 수도 있겠다. 조카들에게 왜 그렇게 지극정성인지, 눈살을 찌푸릴 수도 있을 거란 생각이 든다. 항변하자면 그렇다. 우리 아버지가 나에게 그랬던 것처럼, 나는 아이가 너무나 갖고 싶었다. 이 세상에 나 닮은 아이를 바라본다는 건, 어떤 기분일까, 싶었다.

그런데 유산도 경험해보고, 결혼 생활도 실패하면서 모두 수포로 돌아갔다. 운명인 거다. 신의 존재는 믿지 않지만, 신으로 위장한 그 누군가는 우리가 간절히 원하는 무언가를 쉽게 내어주지 않는다는 걸 나는 삶의 과정에서 잘 알게 됐다. 그 찰나에 조카의 존재가 나에게 다가왔다. 하나밖에 없는 누나여서 그런지, 그 아이들의 의미는 나에게 특별했다. 막 태어난 핏덩이 조카를 처음 마주했을 때, 그 기분은 아마도 여느 아버지의 마음과도 비견될 수 있었을지 모르겠다. 세상 아버지들의 마음을 나 따위가 웅변할 수는 없지만, 감히 그렇다는 거다.

나는 이제 남몰래 켜켜이 쌓아둔 사랑의 감정을 둘 때가 없다. 다행인 건 조카들의 존재로 인해, 모아둔 이 사랑을 오롯이 조카들한테만 줄 수 있다는 것이다. 다시는 연애, 결혼 같은 건 생각도 하기 싫었는데, 점점 커가는 조카를 길섶에서 보고 있자면 그 생각이 점점 더 확고해지는 것만 같다.

얼마 전 특별한 날을 맞아 조카들과 함께한 시간들을 파노라마 영상으로 편집해 담아봤다. 커가는 조카들의 모습과 그 시절마다 투영된 내 사랑의 감정들은 글과 자막으로 엮었다. 조만간 완성되면 조카들에게 선물로 전해줄 예정이다. 그동안 조카들과 함께 참 많은 곳을 다녔다. 전국 팔도부터 제주도까지, 우리나라 곳곳을 누볐더랬다. 곰돌이 푸가 "네가 좋으면 나도 좋아."라며 친구들에게 늘 그랬던 것처럼, 조카들이 좋으면 나도 그저 좋았던 것 같다.

어쩌면 특별하지 못했던 지구별 여행이 조카들 덕에 큰 기쁨으로 다가오는 기분이다. 흐려지는 기억의 선을 그려본다. 조카들이 성인이 되면 어떤 세상이 펼쳐질까. 하늘을 나는 자동차는 물론이고, 달나라 여행도 현실로 다가오겠지. 20년 전 우리가 휴대폰 하나로 세상을 움직일 거라곤 꿈도 못 꾼 것처럼, 아마 그런 세상이 눈앞에 다가올 것만 같다.

조카들에겐 하나밖에 없는 철부지 (외)삼촌, 그리고 나에게도 하나밖에 없는 귀염둥이들. 우린 60억 인류 중에 이토록 특별한 관계로 만나게 되었는데, 조카들이 나 같은 삼촌을 만나는 바람에 불행하지는 않았는지 모르겠다.

내 조카들은 그랬으면 좋겠다. 마음껏 뛰어놀고 의미 있는 삶을 살아가길. 하늘처럼 높고, 바다처럼 넓은 마음을 가진 사람을 만나 언제나 행복하길. 내가 만나봤던 세상보다 훨씬 더 나은 세상으로 소풍 가길…. 나의 예쁜 조카 예랑이 예본이에게 따뜻한 사랑을 담는다.

기울어진 운동장에 서서

부모덕에, 배우자 덕에, 보통 이런 식의 누군가로부터 덕 본 사람들이 유복하게 살아간다지만, 가끔은 이런 진부하고도 불합리한 요소는 집어치우고 순백의 백지 위에서 처음부터 경쟁을 해보고 싶은 마음이 들 때가 있다.

뼈뚤어질 대로 뼈뚤어진 기울어진 운동장에서, 그들 반대에 서 있는 이들은 있지도 않은 파랑새를 그리며 오늘도 목표를 향해 달려 나가는 모습이 처량하게까지 느껴지는데, 균형 잡힌 운동장이라면 어떨까 싶어서다.

오늘 엄마와 둘이서 소주를 한잔하며 얘기했다. 기울어진 운동장에서 그대로 쓸려져 내려올걸, 하며. 소주는 어느새 혼자 3병째 비워낸 채, 어느 순간부터 수학을 해가며 우연찮게 대기업에 입사해 꿈을 펼쳐보려 했던 방향이 옳은 길이었는지, 하며 취중 괴담을 이어갔다. 차라리 낫 놓고 기역 자도 모르는 삶이 나한테는 적절했는데, 이제서야 지나온 모든 게 착오였단 걸 깨달았다고 자책을 늘여놓았다. 엄마는 그래도 내가 자랑스럽단다. 이젠 재혼하란 얘기도 안 할 테니 나만 행복했으면 좋겠다고 덧붙인다.

그제엔 밤중에 할머니한테서 전화가 왔다. 내 책을 이제야 다 읽었다며. 글도 잘 보이지 않는데, 돋보기를 쓰고 다 읽었단다. 그리고 할머니는 울면서 미안하다는 말을 건넨다. 예쁜 내 손자 이런 줄도 몰랐다며. 나는 할머니한테 마음에도 없는 투정과 함께 으름장을 놓듯 얘기했다. 이제 다시는 책 안 쓸 거라고. 툭하면 울고, 뭐냐고 이게!

뭐하나 곧이 푸른 게 없는 요즘이다. 저 멀리서 하나둘 유명을 달리했다는 선후배의 소식들, 병마와 싸우고 있다는 친구 소식도 아무렇지 않다. 슬프지가 않다는 얘기다. 죽음과 삶이 집 앞 마트처럼 이젠 가까이 있기 때문이다. 그 누군가 오늘 밤 삶을 다한다 해도 이젠 아무렇지 않다.

우린 무얼 위해 살고, 혹은 뭐가 그렇게 긍정적이어서 오늘도 힘내자며 화이팅을 외칠까. 그렇게 주술처럼 화이팅을 불어넣으면 마술처럼 '짠'하고 뭔가 나아지긴 하는 걸까?

삶이 고될 때엔 눈 뜨는 아침마다 말이지, 풀 내음을 실은 바람이 언제나 불어왔으면 좋겠다. 차라리 그게 낫겠다, 나한테만큼은….

'가고 있다는 사실만으로도 어떤 시간은 반으로 접힌다. 펼쳐 보면 다른 풍경이 되어있다.' 어느 여름 언덕에서 나는 그렇게 배웠다.

엄마와 함께 왈츠를

1년에 꼭 한번 꽃집을 들리는 날이 있다. 엄마 생일 때다. 엄마 생일인 오늘, 엄마는 평소처럼 아무렇지 않게 출근을 한 듯 보였고, 나는 엄마 집에 들러 화장대 위에 조용히 꽃을 올려두고 나왔다.

또 1년에 한 번 손 편지를 쓰는 날이 있다. 매한가지로 엄마 생일 때다. 이제 긴 글은 엄마가 읽기 힘들 수 있으니 가급적 짧은 글로 내 마음을 전하려 애쓰곤 한다. 무뚝뚝한 나는, 여전히도 사랑한다는 말이 낯설다. 그래도 해야겠다. 노력하다 보면 나도 언젠간 다정한 사람이 될 수 있을 거라 믿고 싶다.

생일날 그 흔한 미역국 한 그릇, 혹은 가족들끼리 옹기종기 모여 먹는 밥 한 끼가 엄마에게는 너무도 그리울 것만 같다. 불 꺼진 컴컴한 집에 홀로 퇴근해 길고 긴 밤을 지새우는 엄마의 마음은 어떨까. 외로운 인내의 시간을 우리 엄마는 어쩜 그렇게 잘 참았을까?

이 집에서 돌아가신 아버지의 흔적, 출가한 누나와 분가한 나의 흔적까지 모두 짊어지고 살고있는 우리 엄마의 그리움은 어디서 보상받을 수 있을까. 여전히 아플까. 밤마다 혼자서 목놓아 울지는 않을까. 그런 엄마를 두고 나는 뉴질랜드로 떠나겠다고 엄포를 놓고 말았으니. 괴롭다. 할 수 있는 게 많지 않아서. 내가 생각한 인생은 이런 게 아니었다. 기쁜 날 엄마와 함께 왈츠를 추고, 여름엔 아빠와 고기잡이 배를 타고 저 먼 바다로 나가는 삶을 꿈꿨는지도 모르겠다.

나는 언제나 따뜻한 한 가정의 구성원이고 싶었다. 때론 말썽꾸러기이며, 때론 집안의 자랑이기도 하며, 그렇게 살아가는 거였다. 그런데 아무래도 지나친 꿈이었던 거다. 지금 처한 현실이 답을 준 셈이다. 과정도 영 별로였다. 잊고 싶은 날들만 가득하니, 내 기억도 답을 알려준 거다. 오랜 침묵과 여백이 마음을 누그러뜨려 줄 수 있을 거란 생각을 해본다. 그 후엔 사랑하는 우리 엄마의 영원한 벗이 되고 싶다. 엄마가 품었던 씨앗들마저 짓이겨져서는 안 되겠다.

엄마가 생각하는 결혼, 내가 생각하는 결혼

엄마가 출근길에 오랜만에 가게에 들렀다. 또 보자기엔 음식을 한아름 싸서 왔다. "엄마 어디 피난 가?"하며 나는 농을 던졌다. 엄마는 오자마자 보자기를 펼치더니 밥을 먹으란다. 보자기엔 혼자 먹기에 벅찬 음식들이 가득했다.

나는 원고 마감할 게 있어 거기에 집중하느라 엄마한테 "조금 있다 먹을게."하며 아무렇지 않게 작업을 이어갔다. 엄마는 다시 그런다. 먹고 하라고. "엄마, 나 지금 밥 생각도 별로 없고, 놔두면 이따가 먹을게." 나는 짜증 섞인 말투로 다시 한번 반복해서 답했다.

엄마는 "너는 어떻게 엄마가 매번 걱정되어 밥 해오면 한번을 안 먹냐?"라며 다그친다. 나는 반박한다. "엄마, 나도 잠깐 쉬는 시간인데 노는 게 아니고, 급하게 글을 써줘야 하고 찾아볼 자료들도 많은데 밥 먹는 게 도대체 뭐가 그렇게 급한데?"

그리고 10분 정도가 흘렀다. 조용히 한쪽 테이블에서 반찬거리를 펴놓고 앉아있던 엄마가 울고 있다. 나는 하던 작업을 모두 멈추고 엄마한테로 갔다.

"엄마, 내가 진짜 다시 서울로 가든지, 아니면 진짜 아는 사람 하나도 없는 곳에 가서 살고 싶다. 이젠, 엄마도 친구들한테 내가 얼마나 창피할지 다 알아. 전부 떵떵거리며 손주들 보고 잘들 사시는데, 되도않게 이혼이나 하고 종일 시장바닥에서 돈가스나 튀기고 술이나 먹고 하는 아들이 얼마나 불편할지 잘 안다고…."

나는 이제 결혼할 생각도 없고, 사회적으로 성공의 반열에 오를 일도 더더욱 없다. 내가 결혼할 생각이 왜 없는지, 내가 만나왔던 여자들을 보면 엄마도 할 말이 없을 거다.

어느 날은 만나던 친구 집안 어른들께서 재직증명서와 대학 졸업 증명서를 떼오라고 하셨다. 해외 유학 시절 다니던 대학까지 다 떼오란다. 그리고 영어를 얼마나 잘하는지, 어떤 문장을 예로 들며 번역을 한번 해보라고도 했다. 그래서 나 또한 홧김에 그 친구에게 되물었다. 너 가족 증명서랑

집문서 좀 볼 수 있을까? 하며. 이전투구(泥田鬪狗), 그러니까 그 순간부터 진흙탕 싸움이 됐다. 뭐 괜찮다. 이건 빙산의 일각이니까….

그 뒤로도 운 좋게 연애를 이어가며 여자를 만날 때마다 없는 돈을 짜내 데이트 비용을 내며 최소한의 저축도 이어갔다. 빚밖에 없는 우리 집안에서 내가 할 수 있는 일은 저축뿐이 없었다.

어느 날은 SNS에 명품을 곧잘 과시하던 친구를 사귀게 됐는데, 그 친구에게 술이 잔뜩 취한 날 물어봤다. 남자가 젊은 날 2년 2개월 군대를 다녀오고 운 좋게 대기업을 입사했다고 치자. 연애할 때 데이트 비용은 물론이고, 기념일, 생일까지 두루두루 온갖 비용을 지출한다. 결혼할 땐 서울 기준으로 5억짜리 전세 아파트 정도는 빚을 내서라도 장만을 해야 한다. 나는 그 친구에게 "너는 이게 가능해? 가능하다면 어떻게 하면 되는지 방법을 나한테 알려줘. 그럼 내가 그렇게 한번 열심히 살아볼게." 사귀던 친구는 답이 없다. 이런 식으로 나는 여러 번 헤어짐을 맞이했다. 속된 말로 찌질할 수도 있는 말들을 여과 없이 내뱉은 것이다.

나는 20대 후반쯤에 서울의 한 언론사에서 첫 회사 생활을 시작했는데, 첫 입사 했을 때 초봉이 아마 3,500만 원

정도였던 것 같다. 원천징수를 제하면 월 실수령액은 270만 원 정도. 거기서 여자친구와 데이트하면 하루에 보통 10만 원을 지출한다. 밥을 먹고 술 한잔만 해도 10만 원은 우습다. 게다가 주말에 어디 바람 쐬러 가자고 하는 날엔 숙소비용에 기름값까지 50만 원은 우습게 쓰인다. 특별하지 않은, 보통의 여자친구라면 돈 쓸 생각을 안 하니까, 나는 서울 사람들은 그런 줄만 알고 큰 불만 없이 꾸역꾸역 버텨냈다.

생일이나 기념일이 다가오면 공포에 사로잡히게 된다. 감동도 줘야 하며, 자본까지 함께 투여가 되어야 하기 때문이다. 친구 남자친구는 이거 해주던데, 저거 해주던데 하며, 한 달 전부터 혀의 기교를 부리기 시작한다.

하루하루 데이트를 하고, 주말마다 바람을 쐬러 다녔더니 통장 잔고는 한 달을 채 못 버티고 바닥을 보인다. 그래도 여자친구는 아랑곳하지 않는다. 본인이 이미 갈 곳을 알아봤으니 늦기 전에 예약하고 결제를 하라는 식이다. '툭' 건네면 '탁'하고 잘 알아차리는 것 또한 나의 임무다.

결국 월급이 적자로 돌아섰고, 나는 폰요금까지 연체가 돼버린 바람에 고향에 계신 부모님께는 용돈 한번 제대로 드리지 못한 날들이 수두룩했다. 게다가 아무 연고도 없는 서울에 살자니 돈을 모으기는커녕 미래도 보이질 않았다.

이런 이유를 드러내며 이성 친구와 얼굴을 붉히며 싸울 수도 없는 노릇이었다. 마치 영원할 것만 같던 사랑의 감정이 모두를 감싸 안을 수 있으리란 망상이 들기도 했던 것 같다. 그러다 진지하게 결혼 얘기를 할 때면 나의 집안 재력을 궁금해하기도 한다. 아버지가 돌아가시고 빚만 남은 우리 집이 뭐가 있겠나. 결국 그녀들은 더 나은 남자를 만나 결혼도 하고 애도 낳고 잘 살아간다.

지금도 별반 달라진 건 없다. 이제는 더 당연시됐다. 불혹이 넘어가니 지갑이라도 열지 않으면 만나주지도 않겠다는 사람들로 가득해진 느낌이다.

격투기 선수 추성훈이 그랬다. 그래도 데이트 비용 정도는 남자가 내는 게 낫겠다고. 나도 절대적으로 동의한다.

그런데 이젠 아니다. 당연시돼버렸기 때문이다. 고마움도 모른다. 한번은 내가 지갑을 모르고 두고 왔는데도 상대는 계산할 마음이 없는 걸 보며 할 말을 잃었더랬다. 누구 하나 음식을 먹고 난 뒤에 잘 먹었다는 말 한마디도 10년에 한 번 들을까 말까였다.

10년에 옷 한번 살까 말까 고민하는 내가, 도대체 이성 친구들에겐 얼마나 퍼부어 댔던 걸까. 사회 구조의 탓일까, 순진했던 내 판단의 결여일까?

다만 왜 단 한 명도, 이딴거 필요 없으니까 고생했다며 손잡아 주는 이가 없었던 걸까. 나는 300원짜리 자판기 커피를 마시더라도 고맙다는 말 한마디, 혹은 그와 같은 마음 정도만이라도 가지고 있는 사람이 어딘가 한 명쯤은 있을 거란 믿음을 가지고 살아왔을 뿐인데. 참 비참할 따름이다.

　　그런데 이 짓을 또 하라고? 내 나이 마흔셋이다. 더군다나 보통의 여성들이 최악으로 여기는 돌싱남이다. 운 좋게 누군가가 날 좋아한다고 치자. 그들이 이젠 '나'라는 사람을 보고 올까? 본인들 미래가 불투명하거나 사는 게 남루하니 경제적인 무언가나 번뜩이는 하루의 쾌락을 바란다고 보는 게 더 현실적이지 않을까. 나는 이혼하고 난 뒤에 나 좋다고 다가오는 사람들이 도무지 이해가 안 됐다.

　　개개인이 나쁘다고 보지는 않는다. 다만 군집 집단이 되면서 문화의 질서들이 왜곡되어졌다란 생각이 든다. 내 친구는 의사랑 결혼했다더라, 또 다른 친구는 신혼여행으로 몰디브에서 한 달 살다 왔다더라, 하며 그들 집단에 끼지 못하면 낙오자가 되는 모양이다.

　　그러는 본인들 수준은 어떨까. 대부분은 백수로 지내며 취업 준비 중이라던가, 잠시 쉬고 있다라며 항변한다. 혹은 연봉이 본인이 이상으로 바라던 남자의 연봉 반의반 곱절도 안 되는 경우가 수두룩하다.

이런 시대에서 우리 엄마는 오늘도 재혼하라며 부추긴다. 그래도 그중에 좋은 사람이 있단다. 내가 가정을 꾸리고 사는 게, 엄마한테는 최고의 효도란다. 본인이 아파도, 늙어도 신경 쓰지 말고 나만 가정 꾸려서 살면 그만이란다.

오늘 엄마 말을 들으니 더 확고해졌다. 내가 이 시대를 살며, 이 시대 사람들과 결혼할 일은 두 번 다시 없다는 것이다. 엄마의 눈물은 그쳤고, 가게에 혼자남은 나는 눈물이 핑글 돈다. 참 힘 빠지는 나날들의 연속이다.

엄마와 샤넬(CHANEL)

아침 일찍 할머니 시골 하우스 일을 다녀와 마침 쉬는 날인 엄마와 아침 식사를 같이했다. 땀 흘리며 일하고 온 터라 소주 한잔이 간절했던 난, 엄마의 눈치를 살피며 냉장고에 있는 소주 한 병을 꺼내 들었다. 웬걸? 엄마가 가만히 있는다.

어느새 완연히 시골 노총각이 된 것만 같다. 내 삶이 이렇게 될 줄은 상상도 못 했지만, 비 오는 어느 날의 아침, 사랑하는 엄마랑 함께 할 수 있다는 것 또한 상상치 못했다. 새옹지마(塞翁之馬)의 지혜를 믿어봄직하다.

말끔히 다려진 정장을 입고, 여의도를 누비며 때론 행복한 모습으로 미국이나 유럽 출장을 다니며 기자 생활했던 아들의 모습이 여전히 그립다는 엄마는 오늘도 착잡한 모습이다. 조금 더 나은 집안에 태어났으면 어땠을까 하며, 우리 엄마 당신은 오늘도 미안한 마음이 든단다.

오늘만큼은 대꾸하지 말아야겠단 생각이 들었다. '아니, 사지 멀쩡하게 낳아주고 키워준 게 나한테는 제일 큰 축복인데 엄마는 왜 맨날 저러나?' 싶은 생각만 들었다.

사진을 비롯해 그토록 뭔가를 기록으로 남겨 과시하기 좋아하는 요즘 사람들은 아이러니하게도 제 부모 사진을 본인 SNS에 남기는 경우는 극히 드물다. 이유는 간단하다. 본인 이미지 제고를 위해선 명품이나 예쁘고 잘생긴 그 무언가의 것이 필요한데, 볼품없이 주름살이 그윽한 제 부모님의 사진을 내걸 수는 없는 거다.

내가 항상 우리 엄마와 함께 사진을 남기는 이유다. 나한텐 우리 엄마가 '샤넬'이기 때문이다.

기쁜 마음으로 오늘도 장사하러 길을 나서야겠다.

누군가를 사랑하는 것은
오랜된 상처까지 사랑하는 것

엄마가 저 멀리서 미나리를 캐왔다고 해서 오랜만에 엄마 집에 들러 저녁을 같이했다. 같은 도시에 살고 있어도 엄마 집에 가는 날은 손꼽힐 정도로 적다. 낯선 느낌이 들었다. 아버지가 살아계셨고, 더불어 누나가 시집가기 전까지 우리 네 식구가 오붓이 함께 살았던 이 공간….

30년 가까이 지난 이 공간은 어쩌면 엄마의 반평생과도 그 궤를 같이한다. 낡은 장판과 곳곳에 흠이 진 싱크대의 상처들이 세월의 흔적을 고스란히 보여준다.

굳이 물리적 공간의 소멸이 아니더라도 한 가정은 죽음과 이별로 파괴되고, 결혼과 출산을 거쳐 또 다른 가정이 생겨나기도 한다. 옛것은 자연스레 잊히고, 우리는 새로운 생명을 맞이하며 자연의 섭리를 거스르지 않고 살아간다.

순리대로라면 다음은 우리 엄마 차례, 그리고 머지않아 내 차례가 다가온다. 근 2~30년 이내에 일어날 일이다. 지구 나이가 60억 년임을 감안하면, 이렇게 억울할 수도 없는 노릇이다.

사랑하는 사람의 죽음을 두어 번은 더 겪어야 될 것이며, 혹은 직접 맞이할 수도 있는 죽음 앞에서 복받칠 감정과 고통은 또 어떡하란 말인가. 모든 가족을 잃고 살아남은 이의 삶은 또 어떻게 치유 받을 수 있을까.

아버지가 돌아가시고 망가질 대로 망가진 내 삶이 엄마까지 잃게 되면 어디까지 추락할지, 궁금하긴 하다. 추락하는 것에 날개는 있을지, 직접 겪어 볼 일이다.

즐겁게 식사하다가 엄마한테 넌지시 물어봤다. 아는 선배한테 제안을 받은 게 있는데, 내가 해외에 가서 살면 어떨지. 이번엔 과거의 유학이나 연수처럼 기간을 정해놓는 것이 아니라 아예 살 작정으로 갈 건데, 엄마는 어떻게 생각하는지….

침묵이 흐른다. 1분의 침묵. 그 고요함을 깨고 엄마는 나지막이 얘기한다. 하고 싶은 대로 하라며. 그리고 방으로 들어가 버렸다.

"……"

기실 너무 슬플 땐 눈물이 흐르지 않는 법이다. 10년 전 영안실에서 마지막으로 아버지 시체를 보고 지갑에 든 돈을 몽땅 털어 아버지 손에 노잣돈으로 쥐어드렸다. 그리고 화장을 한 뒤 한 줌의 재로 남겨진 아버지를 묻는 순간에도 나는 울지 않았다.

그런데 오늘은 눈물을 참기가 힘들다. 어두컴컴 한 방에 혼자 있을 엄마 생각에, 지금도 아빠가 보고 싶다는 엄마 모습을 볼 때면 견디기가 힘들다.

누군가를 사랑하는 것은 오래된 상처까지 사랑하는 것이라고 했다. 나는 닳고 닳은 우리 엄마의 상처까지 사랑하기가 너무 힘이 든다. '짠'하고 모든 게 하루아침에 끝이 났으면 좋겠다. 엄마는 엄마의 별로, 나는 나의 별로 돌아가 이제 그 무엇으로도 다시 태어나지 않는 거다.

툇마루에서의 달콤한 낮잠

우리 할머니 댁은 내가 사는 곳과 차로 30분 거리에 위치해 있다. 속된 말로 '깡시골'이다. 시내버스는 하루에 한 번꼴로 다니고, 젊은 사람들은 찾아볼 수가 없는 마을이다. 그렇다 보니 대부분 우리 할머니와 비슷한 연배의 어르신들이 동네를 형성해 살아가고 계신다.

아버지가 살아계실 적엔 거의 주말마다 한 번씩 할머니 댁을 찾았던 것 같다. 갈 때면 할머니가 준비해놓은 나물과 고추장을 양푼에 한아름 넣고 비벼 아버지와 동동주를 곁들인 채 금세 뚝딱 먹곤 했던 기억이 있다.

아버지가 돌아가신 후에도 나는 틈만 나면 할머니 댁에 들리려 애썼다. 아들 잃은 설움을 할머니 혼자서 어떻게 감당할까 싶은 마음이 내 마음에도 고스란히 전해졌기 때문이다. 그런데 시간이 켜켜이 쌓여가면서 뜻대로 되지는 않았다. 귀찮음의 타성이 습관을 지배해버린 셈이다. 찾는 횟수가 줄어들자 할머니로부터 먼저 걸려 오는 전화 횟수가 늘었다. 별일 없는지, 말로는 바쁜데 오지 말라고 하지만, 그 의미는 보고 싶다는 뜻이기도 했다.

그렇게 어느 날 오랜만에 할머니 댁을 찾았다. 이틀 동안 씻지도 않고 수염은 일주일째 기른 채로. 바로 등짝 스매싱을 한 대 맞고 할머니랑 마주 앉아 예전 아버지와 함께 먹던 비빔밥에 맥주 한 병을 나눠 마셨다. 수염은 왜 안 깎냐는 할머니 말에 '시인'처럼 보이려고 기른다고 대답했다. 두 번째 등짝 스매싱이 날아왔다.

뒤이어 어김없이 만나는 색시 없냐는 물음이 훅 들어왔다. 이제는 할머니가 돈을 대준다며 외국 여자라도 한 명 사서(?) 만나길 원하신다. 여기 시골에도 그런 노총각들 많다며. 장손이 혼자 사는 꼴이 너무 불쌍해서 죽지도 못하겠다고 하신다.

할머니가 그러거나 말거나, 나는 먼 산을 내다봤다. 공기 내음이 좋다. 사람들은 바람 소리를 들어본 적이 있을까. 그 소리가 언제나처럼 들리는 나는, 천상 시골 사람이긴 한가

보다. 할머니와 맥주를 마시고 한 시간을 떠들었더니 피곤해서 30분만 툇마루에 누워서 낮잠을 자고 가기로 했다.

머릿속 도화지에 그림을 그려본다. 아침 일찍부터 밭일하고, 막걸리가 곁들여진 새참으로 하루를 시작한다. 적당히 일을 한 뒤, 오후 늦으막이부터는 책 속에 파묻힌다. 그리고 해질녘 동네 오솔길을 거닐며 도토리 한 알로부터 영감을 얻는다. 저녁부터는 그 영감을 소재 삼아 책을 써 내려간다. 이따금 동네 이웃들을 초대해 삼겹살을 구워 먹고, 기타 치며 노래를 부르기도 한다. '얼씨구나 좋다~!' 하며.

잠에서 깼다. 다시 현실로 돌아갈 시간이다. '머릿속에 그린 그림을 하나둘 현실로 만들고야 말 테다.' 나는 오늘도 그렇게 다짐한다. 차에 시동을 걸고 가려는 찰나에 저 먼발치에서 손을 흔드는 할머니의 모습이 아른거린다. 아프다. 사라져가는 사람들과 이 모든 아름다운 순간들이.

"사랑하는 나의 할머니, 이 못난이 손자와 이 아름다운 세상에서 오래오래 함께 살아요!"

나는 많은 사람을 사랑하고 싶지 않다

MBC '생방송 오늘 아침'이란 프로그램에서 리포터로 활약하던 김태민 씨가 얼마 전 아침 방송을 마친 뒤 집에서 낮잠을 자다가 갑자기 유명을 달리했다고 한다. 가족들은 갑작스런 그의 죽음이 황망해 부검도 했는데, 결과는 뇌출혈이었다. 글쎄다. 나는 언제나 죽음을 생각하며, 제일 이상적인 죽음은 갑작스런 급사라고 생각해왔다. 본인과 가족, 서로에게 이롭기 때문이다. 1년간 암투병하며 시한부 삶을 살다 가신 아버지를 옆에서 지켜보며 그런 생각을 했었더랬다. 그런데 모르겠다. 사랑하는 사람이 하루아침에 갑자기 사라진다는 건, 내가 겪어보지 못한 또 다른 슬픔일 수도 있겠다는 생각이 든다.

며칠 전 친누나가 병원에 입원했다. 입원하자마자 병원에서 MRI를 찍고 뇌 검사까지 하는 걸 보고 뭔가가 많이 안 좋다는 걸 직감 할 수 있었다. 그 이후 아무것도 할 수가 없었다. 시간이 멈춘 것만 같았다. 10년 전 아버지가 하루아침에 췌장암 말기라는 진단받았을 때와 비슷한 느낌이었다. 나에게 남은 가족이라곤 엄마와 누나, 그리고 누나에게 딸린 조카 둘 뿐이다. 나는 이제 우정을 나눌 그 흔한 친구조차도 한 명이 없다. 제 필요할 때만 찾는 사람들로 가득할 뿐이다.

　사는 게 몸서리날 때가 있다. 잘해보려고 하는데 무너지는 때다. 젊은 날 어렵사리 대기업에 입사해서 아버지께 건넨 첫마디가 조금만 기다려 달라는 것이었다. 맨날 어디 한쪽은 찌그러진 이상한 똥차만 구해서 타고 다니시는 게 보기 창피해서 내가 월급 모아서 '소나타라도 사드리겠다고, 조금만 기다려 달라고 했었다. 그런데 불과 1년 만에 투병이 시작됐고, 평생 멀쩡한 차는 구경도 못 하시고 생을 마치셨다. 이제 여자는 쳐다보지도 않고 가족만 바라보고 살겠다고 굳게 다짐하며 살려는데, 또 한 번 가족으로부터 이런 상황이 닥치면 온 힘이 빠진다. 트라우마 같은 거다.

　생각해봤다. 내가 갑자기 드러누우면 내 옆에 누가 있을지. 병상에 누워있을 나는 기자도 아니고 작가도 아니며, 아파서 영어 통역을 해줄 힘도 없을 텐데. 따라서 나한테 득볼 일은 전무할텐데, 그땐 누가 옆에 있을까. 엄마랑 누나다. 회사에서 잘리건 말건 온종일 내 옆에서 눈물을 흘리며 기도하고 있을 것이며, 간이 필요하면 간을 떼어줄 테고, 신장이 필요하면 고민도 없이 떼어줄 그들이 가족이란 말이다.

앞으로 남은 우리 가족에게 닥칠 불가항력적인 슬픔이 있다면 온전히 나에게로만 집중됐으면 좋겠다. 아픔, 슬픔, 나는 잘 참을 수 있다. 이겨내지 못할 아픔이 찾아오면 다시 제주도로 떠나도 되며, 술과 수면제에 취해 죽은 듯이 잠을 청해도 된다. 책 한 권만 들고 유럽으로 날아가 산티아고 길을 몇 달이 걸리든 종일 그렇게 걸어도 되고, 산속 사찰에 가서 스님들을 붙잡고 실컷 울어도 된다. 나는 그렇게 버텨왔고, 앞으로도 끄떡없다.

그런데 우리 가족만큼은 안된다. 내가 없으면 안 된다. 가족을 잃는 슬픔, 그건 나만이 버틸 수 있고 앞으로도 그래야만 한다. 나는 많은 사람을 사랑하고 싶지 않다. 많은 사람과 사귀기도 원치 않는다. 나의 일생에 한두 사람과 아름다운 인연으로 지속되길 바랄 뿐이다. 그 인연이 가족이란 걸, 너무도 늦게 알게 됐다.

할머니를 쏙 빼닮은 이름 모를 꽃

서울의 대학원 후배들 틈에 껴 어시스터로 참여한 논문이 마무리됐다. 그리고 〈가제: 다시 오지 않을 너에게〉라는 제목으로 연재를 시작했던 소설도 장막 뒤에서 거의 마무리가 되어간다.

과정 중에 쌓였던 노곤함과 피로는 이렇게 모두 끝난 뒤 성취감으로 보답을 받는 기분이다. 이후 평가는 타인의 몫이지만, 공연이 끝나고 관객이 모두 떠난 텅 빈 무대 위에 서 있는 듯한 뿌듯한 기분은 오롯이 나만이 느낄 수 있는 특권일지도 모르겠단 생각이 든다.

해서 오늘은 그동안 미뤄왔던 일들을 해치웠다. 내시경 검사도 받고, 수개월째 미뤄왔던 치과도 다녀왔다. 이제는 제법 친해진 의사 선생님께서 결과를 보시더니 피익 웃으신다. "너는 어떻게 술을 그렇게 마시는데 이상이 하나도 없냐?" 하시며. 이 또한 뿌듯하다.

뒤이어 할머니가 나물들과 반찬거리들을 만들어놨다며 가지고 가라고 연락이 와서 할머니 시골로 향했다. 요즘 할머니가 귀도 점차 안 들리시고, 안색이 많이 안 좋은 거 같아 무얼 해주면 좋을까, 한참 고민을 해봤다.

그러다 이름 모를 꽃이 생각이 났다. 대나무에 꽃이 핀 형상인데, 이게 대나무꽃인지, 금전수인지, 나도 확실히는 알 길이 없었다. 무튼, 할머니한테 대충 얼버무릴 생각으로 그 꽃을 구해서 할머니 집으로 향했다.

할머니는 또 만나는 색시 없냐며 보자마자 새장가 타령을 시작했지만, 나는 먼 산을 바라본 채 슬그머니 '대나무꽃(?)'을 꺼냈다. "할매, 요게 대나무꽃인데, 꽃이 70년에 한 번 핀데. 그리고 꽃이 피면 동네에 행운이 찾아온다네. 하하." 말해놓고도 민망했다. 할머니도 천생 여자인가 보다. 손자에게 꽃을 받으니 소녀처럼 기뻐하신다. 공교롭게도 오늘은 할아버지 제삿날이다. 평일이라 멀리 살고있는 삼촌이랑 고모는 못 온다고 하니, 엄마랑 단둘이 또 제사상을 차려놓고 오늘 밤 제사를 지낼 예정이다.

갑자기 궁금해서 할머니한테 여쭤봤다. 할아버지는 몇 년 생이셨는지. 1923년생이라고 한다. 응? 그럼 조선 마지막 황제 순종하고 친구뻘이셨네? 근현대사의 한가운데에 우리 할아버지가 있었다니, 놀랍다. 우리 아버지는 1959년생, 나는 1982년생. 그러고 보니 우리 아빠가 날 엄청 일찍 낳으셨구나, 하는 생각도 새삼 들었다.

어쨌거나 할아버지, 아버지 두 분 모두 이 세상엔 이제 안 계신다. 두 분 다 환갑도 못 채우고 돌아가셨으니, 이승에 아쉬움이 얼마나 클까도 싶다. 손자 노릇, 아들 노릇 못한 나의 원죄는 이렇게라도 살아가며 받고 있으니 훗날 하늘나라에서 만나 뵈면 그 죄를 사해주시리라 믿고 싶다. 오늘은 할아버지 기일이니 하늘나라에서 두 분이 목 좋은 잔디밭에 앉아서 그 좋아하시던 삼겹살 지긋이 구워 드시길 바란다.

얘기를 하다 보니 할머니가 또 눈물을 보일 거 같아 빨리 자리를 뜰 채비를 했다. 차에 다 싣지도 못할 정도로 나물과 찬거리들을 참 많이도 구해놓으셨다. 겨우내 우리 많이 먹으라고, 사랑하는 우리 할머니가 말이다.

김장의 추억

초겨울 김장 시즌이 당도해 나도 오랜만에 엄마를 도와 김
장 준비에 나섰다. 우리나라 전역에서 행해지는 김장의 기
원은 공식적으로는 알 수 없으나, 문헌상으로는 고려시대의
이규보(1168~1241)가 쓴 시에 '무를 장에 담그거나, 소금에
절인다'라는 내용으로 김장이 언급되었고, 지금과 같이 초
겨울에 김장한 기록은 19세기 문헌에 본격적으로 등장하는
것으로 알려져 있다.

　개인적으로 간직하고 있는 김장에 관한 기억은 어릴 적
지하 셋방에 네 가족이 둘러앉아 엄마가 막 해놓은 김장김
치에 갓 지은 흰 쌀밥을 곁들여 먹던 기억부터, 동네 이웃과
나눠 먹는다며 한 집은 김치를, 또 한 집은 수육을 준비해

툇마루에서 함께 먹던 기억까지 아련히 피어오른다.

그런 기억 때문일까. 김장 시즌 때면 마치 명절 때의 기분을 느낄 수가 있다. 김치 하나로 온 가족의 화합을 일구다니, 새삼 각별한 고마움이 든다.

그 고마움을 엿듣기라도 한 듯, 이번 김장 때는 누나와 조카들까지 지원사격을 해주러 왔다. 우리는 실로 오랜만에 함께 쭉 둘러앉아 각자 고무장갑을 낀 채 올거울 김장을 시작했다. 훌쩍 큰 조카들도 이제 어른 몫은 하니 속도감도 여느 때와 달랐다. 김장만 하는 데 그치지 않고, 우리는 쌓아둔 이야기들도 김치의 힘을 빌려 정겹게 쏟아내고 있었다. 김장 후엔 삼겹살에 소주가 빠질 수 없어 우리 가족은 이번엔 삼겹살 불판을 중심으로 다시 또 둥그렇게 둘러앉았다. 그리고 엄마는 묻는다. 곧 생일인데 뭐 갖고 싶은 거 없냐며. 나는 무미건조하게 답한다. 내가 언제 생일 같은 거 생각한 적 있냐며, 그냥 그날 엄마랑 밥이나 한 끼 먹으면 되지 뭐, 하고….

해의 마지막 날이 생일이다 보니 기억에 남는 경우가 더러 있다. 젊은 날 한번은 헤어진 여자친구가 12월 31일 새벽 무렵 문자가 온 거다. 짜증 난다고, 왜 마지막 날에 태어나서 생일이 잊혀지지도 않게 하냐면서 선물을 보내온 거다.

그리고 다시는 또 연락하지 말란다. 그렇게 잠시 들렀다가 또 멀어져갔다.

　제일 기억에 남는 선물은 대학 생활할 때 만난 한 친구에게서 받은 손 편지다. 신촌에 있는 한 대학에서 국문학을 전공하던 친구였는데, '해의 마지막에 태어난 너에게'라는 제목으로 A4용지 3장 정도 되는 분량을 꼬깃꼬깃 펜으로 적어준 것이다. 마치 한 편의 로맨스 소설을 읽은 것처럼, 얼마나 감동이었는지 모르겠다.

　하찮은 나에게 잠시의 인연이 되어준 그 모두에게 새삼 고마운 마음이 든다. 결국 나랑 헤어지고 멋진 남자들을 만나 결혼한 걸 보면, 그들도 나한테 고마워해야 할지도 모를 일이지만….

　올해도 12월이 되자 아직 생일날도 아닌데 벌써 선물을 보내온다. 그토록 유난 떨기 싫어하는 나도 선물 앞에서는 속물이 되는 모양이다. 언론사 생활할 때 연을 맺었던 서울의 한 5성급 호텔 상무님께서는 올해도 잊지 않고 호텔 고급 룸에서 하루 묵고 가라며 숙박권과 레스토랑 식사권을 또 준비해주셨다. 짝꿍도 없고, 그런 고급 호텔에 궁상맞게 혼자 가기도 머쓱하고 해서 상무님께 양해를 구하고 숙박권은 사촌 동생 부부에게 선물로 보내줬다.

감사하다. 나는 누군가에게 생일 때만큼이라도 이토록 살가웠던 적이 있었을까, 하는 반성도 든다. 오늘이 멀어지는 소리, 그리고 또 한 해가 지나가는 소리를 그들을 통해 듣는다. 영글지 못한 나는, 오늘도 이렇게나마 마음을 담는다. 김장을 통해, 기억에만 머물러 있던 고마움의 정수에 관해 한 수 잘 배울 수 있었다.

다시는 엄마를 외롭게 하지 않을게

며칠 전이었다. 엄마가 가게 일을 도와주려 버스를 타고 나오는데, 근처 정류장에 내려 가게를 아무리 찾으려 해도 못찾겠다는 것이었다. 그래서 1분밖에 안 되는 거리를 30분이나 헤매다가 왔다고 했다. 당시에는 으레 그럴 수 있겠거니 했다. 그런데 혹시나 싶어 인터넷을 뒤져봤다. 치매 초기에 그럴 수 있다라나 뭐라나. 나는 바로 안동 근교에 있는 치매 관련 병원을 찾아봤고, 엄마한테 당장 가보자고 했다.

엄마는 당연지사 싫다고, 아직 그런 곳에 가기 싫다고, 나는 내가 같이 가니까 가서 선생님 얘기나 들어보자고 설득했다. 엄마는 끝까지 싫다며 그렇게 실랑이를 벌이다가 얼굴만 붉히고 집으로 돌아갔다. 나도 맞불을 놓듯 가게 문을 일찍 닫아버리고 집으로 갔다. 그리고 한참을 생각했다. 엄마 없는 세상에 대해서….

예전 한 드라마에 등장했던 장면이 기억에 남는다. 암에 걸린 어머니를 떠나보내고 멀쩡하게 살던 아들이 실어증에 걸린 거다. 지독한 슬픔에 빠져 언어의 기능을 상실해 버린 것이다. 나는 처음에 그 장면을 보고 현실과 너무 괴리감이 있어 보여 와닿지 않았다.

그런데 아버지를 보내고, 이제 엄마랑 이별할 생각을 하니 갑자기 말문이 막힐 때가 여러 번 있었다. 상상 속에서만 그렸던, 엄마 없는 하늘 아래의 세상이 이제 얼마 남지 않았다는 것에 언어의 온도는 한없이 낮아진 것이다.

한 날 엄마는 우리 집 청소를 해준다며 장식품을 닦고 선반 위로 새로 올려놓은 적이 있었다. 화분 모양의 장식품은 앞면에 알파벳으로 'H-O-M-E'이라고 새겨진 4가지 조각이었다. 그런데 그 조각이 순서대로 있지 않고 뒤죽박죽이 되어있길래 엄마한테 물어봤다. "엄마 이거 이 순서 맞아?" 하며. 엄마는 "나도 몰라. 그게 뭔데?" 하며 되묻는다. 농담이었는데, 엄마는 'HOME'이라는 뜻을 전혀 모르고 있었다.

하기야 그 옛날 딸들은 공부도 안 시킨다며 밭일만 시킨 우리 외할아버지 교육관 덕에 엄마는 초등학교도 졸업하질 못했다. 다 늦게 엄마는 남 보기에 부끄러워 중학교 졸업장이라도 갖고 싶어 검정고시를 어렵사리 봐서 취득하긴 했다. 얼마나 기뻐하던지….

나는 살며 엄마의 눈과 귀가 되어주고 싶었다. 그러기 위해선 엄마가 못했던 만큼 열심히 공부해야 했고, 영어만큼은 능숙하게 할 필요가 있었다. 하루아침에 되는 건 아니었기에 꽤 긴 시간이 필요하기도 했다.

그렇게 완연해 갈 무렵, 엄마의 삶은 아버지를 잃고 또 시궁창이 되어버렸다. 나는 멋진 직장에, 멋진 사람들과 해외를 누비며 엄마 생각이 들지 않을 정도로 승승장구해나갈 때였다. 엄마의 눈과 귀가 되어주고 싶다던 다짐이 나 살자고 당신을 외면해버린 것이다. 그래서 생각했다. 엄마 근처에서 살아야겠다고. 오랜 서울 생활은 그렇게 끝이 났다.

그렇다 한들, 배우지 못한 설움과 빚만 가득한 시댁에서 맏며느리로서 평생 계속된 시집살이의 고됨은 어디에서 보상받을 수 있을까.

내 앞에선 한 번도 눈물 보인 적 없던 엄마의 눈물이 요즘 들어 잦다. 그 눈물 앞에서 나는 언어의 기능을 점점 상실해간다. 치매여도 좋고, 암 환자여도 좋다. 엄마가 그 무엇의 형태가 됐건 내 곁에 오래 있어 준다면, 나는 참 좋겠다.

내 모든 언어는, 엄마를 위함이다.

"다시는 엄마를 외롭게 하지 않을게!"

나는 나의 일기장을 태우지 않기로 했다

제1판 1쇄 발행   2024년 11월 13일

지은이   임기헌
발행처   커리어북스
발행인   윤서영
기획편집   김정연
디자인   얼앤똘비악
출판등록   제 2016-000071호
주소   용인시 기흥구 강남로 9, 504-251호
블로그   blog.naver.com/career_books
SNS   www.instagram.com/career_books
이메일   career_books@naver.com
전화   070-8116-8867
팩스   070-4850-8006

값   17,000원
ISBN   979-11-92160-28-3 (03810)